经典印象·小说名作坊
CLASSIC IMPRESSION

夜

[土耳其] 比尔盖·卡拉苏／著　文敏／译

Bilgé Karasu
Night

浙江出版联合集团
浙江文艺出版社

目录

中译本代序

许志强

一

　　在土耳其作家卡拉苏（Bilge Karasu）的小说《夜》（1984）中，一座无名的城市在极权宰制下上演恐怖的一幕：被称作"夜工"的某个暴力群体在街头肆意捕杀年轻人，原因不明，真相莫测；"那些夜工突然从墙边蹿出，从墙角和门道那儿跑过来，聚到一起，在人群里攫住那个年轻人，将他团团围住。夜工们四散离去之后，留在那儿的只是一团血淋淋的肉酱。据一些目击者说，在落到暴徒般的夜工手里之前，那是一个漂亮迷人的小伙子，等到被抛尸街头时，剩下的血肉甚至不足他原来躯体的一半。他们还在那团血淋淋的肉酱上撒满锯末，用干枯的树叶将其掩埋。"那些"夜工"昼伏夜出，只为杀人而杀人，从人群中随机抽取猎物，草草处置，并在城市各个地方刷上神秘标语，预告"长夜将至"……

一个噩梦般的世界。

谓之"噩梦般的",非独见于杀戮之残暴血腥,它也流露近乎孩童式的嬉戏和战栗,从肉体残害中汲取欢悦。夜工"携带的工具,有的用铸铁制成,有的取自精心鞣制的皮革,有的用上等木料切割而成,或是用适于加工的松脂塑形而成。这些玩意儿用于捶击、撕扯、穿刺、凿挖、扭拧或击断。也可施于燃烧或破碎"。有时他们也玩弄招数:纹丝不动伫立街头,一连数小时保持沉默,装作不在场;他们"躲在黑暗的角落里","用胡狼般的耳朵捕捉着门闩轻轻插牢的声音",感受着"人们在等待某种难以逃避却尚未发生的事情时因内心煎熬而产生的焦虑"……此即获取愉悦的方式,诚乃施加恐怖的一种"更奇妙的恶作剧"了。

"夜工"隶属于名为"太阳运动"的组织,这个由官方暗中操纵的组织被赋予生杀大权。据说,他们除了从"被打断骨头的人身上"公开传播"暴虐效应",还将那些"留有一口气的受害者"带到研究所测试,研究一种不同于传统逼供手段的新技术,也就是说,"在什么时候、在何种情况下、采用怎样的手段能迫使人们交代他们不知道的信息——那些信息只从审讯者的大脑中经过"。这是由"夜工"的技术骨干负责的一个高难度攻关项目,用来检测"人类耐受力"的一套"科学流程"。

此外还有一种令人匪夷所思的游戏,发生在城郊山谷里。据目击者说:

　　我看见过一群人，站在一个椭圆形场地两边，四周环绕着参天绿树，还有深绿的植物和绿色巉岩，在透过林间的光线下，那些人的衣服、帽子、靴子和毛发似乎也被染成了绿色。他们举枪的姿势颇具仪式感，校准视线，瞄准场地对面的人，然后开火。那是清晨时分，太阳刚刚照亮天地，头顶的天空和密林间呈现一派深蓝而清晰的颜色。

　　其中有人被射中，一头栽倒在地上，这时两边爆发出响亮的鼓掌喝彩，整个场地都回响着这声音。据说射击会一直进行下去，直到剩下最后一人站在那里。

　　目击者看到，那儿"一幢很小的建筑物顶上有一面巨型记分牌，上面用闪亮的数字显示死亡人数"。

　　这种富于仪式感的杀戮游戏也隶属于"太阳运动"组织。让服从这个组织的神枪手相互射杀，似乎令人不可理解，而负责这项活动的人声称——记录在其私人备忘录里——该项目试图从组织的内部和外部制造"普遍性恐惧"，这是"确保古老神秘秩序"的"必要手段"。

　　于是我们看到，伴随"长夜将至"的末日预言，这座无名的城市充斥暴力、猜疑、流言和恐惧，笼罩在无孔不入的黑暗中。一个极权的恐怖世界。

二

作为一部政治寓言小说，《夜》会让人想到卡夫卡和乔治·奥威尔的创作。卡夫卡的梦态叙述，对莫名的迫害和莫测的陷阱的梦幻叙述，奥威尔对极权政治逻辑的分析，他那种政治性寓言的架构方式，在《夜》中都有明显的痕迹。尤其是卡夫卡所揭示的"诡秘的施虐行为"（乔治·斯坦纳语），奥威尔笔下的"老大哥"那个无处不在的影子，这些也都在《夜》的文本中出现，甚至可以说是获得了某种程度的融合。

以叙事形式探讨极权问题，奥威尔的两部政治小说，陀思妥耶夫斯基的《宗教大法官》等，应该说是这个类型的先例。如果将《宗教大法官》、《1984》和《夜》联系起来，或可看到同一主题的不同形式的书写，其表现力度虽说强弱不等，规模有大有小，却构成一个特定主题的系列。

《1984》第三部第三章写奥布莱恩拷打温斯顿，后者呻吟道："你们为了我们本身的好处而统治我们，你相信人类是不适合自我管理的……"这句话显然是在重复《宗教大法官》的基本思想：群众是软弱的，他们不能运用自由意志，必须受到强者有系统的统治，而极权的存在是为大多数人谋福利，给予他们被奴役的安全而非自由选择。这是《宗教大法官》所揭示的神权统治的逻辑基础。

　　奥布莱恩却声称，"我们对别人的死活没有兴趣，我们完全只对权力有兴趣"；"没有人为了捍卫革命而建立专政，迫害的目的就是迫害，施酷刑的目的就是施酷刑，权力的目的就是权力"。可以说，奥布莱恩既是在答复温斯顿，也是在和《宗教大法官》对话。他把温斯顿的观点（部分也是陀思妥耶夫斯基的观点）视为"蠢话"，坚持认为"权力是目的而非手段"。奥布莱恩把极权的庇护神的面具撕去，斥之为完全的虚构和纯粹的假面具。

　　问题便落到那个"古老秩序"的本质——"一个人如何用权力控制另一个人？"

　　奥布莱恩答道："通过使他受苦。"

　　这就是《1984》所要揭示的权力之奥秘及其运作问题。奥布莱恩补充说："服从并不足够，除非给他苦吃，否则你怎么能确定他是在服从你的意志还是他的意志？权力就是加诸痛苦和耻辱。"

　　我们不能简单地说，《1984》的这番书写是对《宗教大法官》的反驳或超越。毋宁说，这是一种补充，将萨德侯爵的"施虐"和陀思妥耶夫斯基的"大法官"作了某种程度的综合。必须承认，奥威尔的书写精彩纷呈，在陀思妥耶夫斯基的思想范围内做出了深刻补充。

　　谈到权力意志及对身体惩罚的问题，不能只谈福柯的"权力规训"的解剖术，也要重视奥威尔在《1984》中的表述。为了打破将历史对象视为同一性、律法、禁忌、本质主义的保守哲学，福柯宣示一种非历史主义观念，也许在奥威尔看来这只是书生气的一厢情愿，极权在微观或宏观的意义上都不可能因此而被消解。同一性仍将是理解问题的关键。同一性也就是"加诸痛苦和耻辱"的必要性。暴力是对同一性的创造，从而创造历史。（这也是当今学界阴魂不散的卡尔·施密特的观点。）《1984》作为政治寓言小说，对这个问题的揭示无疑是十分深刻的。

卡拉苏的《夜》描写暴力和极权，延续了相关问题的探讨。小说第二部的十八个章节，以"太阳运动"负责人的视角论述历史、权力、责任和秩序等问题，不难看到陀思妥耶夫斯基和奥威尔的影子在文本中的交叉投射。

"太阳运动"负责人对"芸芸众生"的看法就包含《宗教大法官》的论调——"我们处于一个令人困惑的侏儒世界。所有那些关于平等的胡说八道以及诸如此类的理念造成了这种状况……唯一可能的平等，就是有朝一日建立在责任、忠诚以及我们崇高的梦想之中。建立在对统率我们的'他'的爱戴之中。"

这里我们也看到《1984》中"老大哥"那种凝视的目光。这个"他"（或"老大哥"）便是"权力的祭司"所创造的上帝。问题在于，世界已经不再是《宗教大法官》的世界，正如"太阳运动"负责人意识到的那样——"鉴于天赋权利意识进入了当代世界，我们知道强加的外力不足以服人"；"人们的心灵和意志也必须被征服"。这无疑是更为棘手的工作，如果"敌对势力"试图在"责任、忠诚以及我们崇高的梦想"中注入"洞察力与分离性"，那该怎么办？"太阳运动"负责人发现，他那个老同学，一位自由派作家，令他鄙夷不屑的笔杆子，此人便体现那种"洞察力与分离性"；因此，"我越是力图创建这样一个世界——每一件事物都隐藏在另一件事物后面——要向每一个人证明世界本该如此，他就越是反驳说，人及行为只应该保留其真实面目……"。双方的争论便聚焦于"谎言的体系化的生产过程"问题，而这一点在《1984》中也已经作了揭示，奥威尔用一系列自创的语汇（"真理部"、"双重思想"等）描绘了谎言体系化的生产及其效应。应该说，谎言的体系化生产只是维持权力的一个手段，更重要的是通过暴力制造恐惧——"让人们感受到恐惧已将他们攥住"。

　　以政治寓言小说而论，《夜》的寓言性构架虽难与《1984》比肩，其架构规模、精密度及涵盖力均不及后者，但《夜》在相关主题的书写中仍不时给人以启迪。"夜工"技术骨干所研究的项目，那个苍翠山谷里的杀戮游戏，还有对童年创伤和自卑情结的探讨，等等，这些都给人难忘的印象和思索。

　　从陀思妥耶夫斯基、奥威尔到卡拉苏，他们对极权主题的书写何以总是让人感到震惊？是否作家以叙事形式加以探讨，能够让人看到"恐怖逐渐生成的每个细节"（乔治·斯坦纳语），因此要比哲学性话语的分析更具有表现力？

《夜》通过"鱼市街事件"和"广场事件",将宰割肉体的骇人场景及兽性嗜好予以披露,对"暴虐效应"作了细致描绘,足以呈现叙事性话语的力量。不过,以这三部作品而论,更重要的因素似乎在于,它们刻画出极权的智慧而非"平庸之恶"(汉娜·阿伦特语),甚至刻画出极权统治针对人格同一性的洞察和诉求,包括对历史、权力、秩序问题的理解和阐释,决非揭开其假面具便露出侏儒形相的迂腐之论,有时甚至不乏发聋振聩的揭示性和超越性,正如"太阳运动"负责人所宣示的——"我们将校准历史,不是他们想象的那种历史,而是根据我们的意志修正的历史,正如我们已经塑造的那样。"这些小说试图描绘的正是极权统治者敏锐的思想家面目。而在强调戏仿(源于尼采"快乐的科学")与解构的"微观权力"光谱分析中,在强调"异质性"或"差异性"的后现代哲学话语中,这种对"恶的超凡性"的描绘力度有时难免会被削弱或稀释。

总是让人毛骨悚然,即便深感厌恶也难以轻易否认,在你心里投下巨大魅影的那个存在,在《夜》的书写中再一次呈现出来,而这种书写的调子和《1984》相比,一样的阴郁、蚀骨和悲观,委实耐人寻味。

三

《夜》是一部奇特的作品,除了复杂深刻的政治主题,它的写作方式也颇为别致。读者阅读这部小说，对其叙事风格的扑朔迷离不能不留下印象。

　　该篇出现四个人物，分别是自由派作家、"太阳运动"负责人以及名叫塞温奇的男特工和名叫塞维姆的女特工。人物之间的关系逐渐交织成一个故事：自由派作家受到"太阳运动"负责人的监视和调查，而他们俩是小学同学；塞维姆是负责人的前妻和助手，因为良心发现、暗通款曲而遭杀害；塞温奇在充当密探的过程中成了作家的情侣，陪同作家出席一个境外国际会议，这是"太阳运动"暗中策划的项目，他们派遣刺客将作家刺伤，制造了一起政治新闻，于是，这场境外旅行以欺骗开始，以灾难收场。

　　小说由四个部分构成，由四个人物的独白讲述故事。我们知道，多个第一人称独白讲述故事的方式已不算特别，福克纳的《喧哗与骚动》便是这样做的。而《夜》的处理则要复杂得多，其情节的展开是由不确定叙述所支配，除了讲述作家的故事，还讲述这个故事如何制作成书的故事；换言之，这是一部"进行中的作品"(the book-in-progress)，像乔伊斯一度为《芬尼根守灵夜》命名的那样；读者分明是跋涉在不确定叙事的流沙中，被迷雾般飘忽的声音所包围。

　　此书在叙事流程中不时插入脚注；在脚注和旁白中，作者决定所要采取的叙事策略，又质疑之，然后采取另一种叙事策略，让故事朝着难以预料的结局行进。起初是作家的笔记，一边讲述见闻，一边加以评论；然后加入"太阳运动"负责人的笔记，然后是塞维姆的笔记，塞温奇的笔记；作者变成四个，在脚注中对此书的创作发表意见或进行争论。我们遭遇的已不是多个第一人称独白，而是多个作者混合叙事；也可以说，这些"拆散的笔记本"将权威作者的身份消解了。

这部风格诡异的后现代作品，其碎片镶嵌的马赛克拼图，那种大杂烩式的结构让人想起博尔赫斯、纳博科夫和库切等人的探索。在卡拉苏笔下，不仅是作者声音及其权威性被销蚀，而且故事的地点、时间、人物和结局也是悬疑不定的，有时连角色的性别也不甚明确。毫无疑问，不可靠叙述和碎片化结构强化了混沌和悬疑的气氛。尤其是到了此书结尾，不同声音碎裂并混合起来，融入梦魇的高潮——"他、塞温奇、塞维姆和那个耳聋的金发男孩都朝我大笑，好像他们都长着同一张脸，脸上带着血，也许是从镜子里看着我，或是在地上，或是在我的意识中"。读者似乎不再是踩着流沙行进，而是陷入错乱的镜像中了。作者借此将常规叙述解构，把故事的讲述还原为一种不同寻常的书写。我们不禁要问，此种书写的意图是什么？

《夜》作为"超小说"（或"元小说"）作品，归属于文学中的后现代创作范畴，其文类性质虽不难判别，但后现代标签仍难以说明单个作家的具体创作。将卡拉苏与贝克特、博尔赫斯、纳博科夫、库切等人相提并论，也只是就类别的属性而言。有关《夜》的形式问题，不妨从两个层面略作阐释。

　　首先，《夜》所要构筑的是一种论题式小说。它在极权政治的总题下细化为若干分论题，诸如历史、权力、秩序、语言、自我、他者、童年创伤和自卑情结等，而这些分论题衍生出枝蔓话题，密密缠绕于整个文本。传统论题式小说（伏尔泰、狄德罗）虽以叙事的样貌出之，其内在的逻辑焦点却是清晰的，等待读者去破解其观念的辩证性意图。相比之下，《夜》的论题式展开显得即兴、无序、跳跃，是一种散射状的布局；有时是理性化论断，有时是隐喻性论述；某些总结性话语闪烁启迪之光，本身却不能被当作结论看待，而是引导我们去质疑片面的视点和描述的真确性，触及事物有待领悟的深层意蕴。如此看来，作者为何总是陷于言语失当的窘迫中，叙事何以缺乏可归纳的动机，多个文本何以造成叙事目的的分裂，这些问题也就显得不难理解了，因为，在思想悬疑的总体气氛中，叙事的抵达（如果存在着一个核心情节的话）也必然经历迂回、扭结、分叉和解析的过程，甚至像现象学所做的那样，叙事的子项被置于括弧中，以便进行还原式观察。因此，言语失当的窘迫和调试，伴随着多角度的刺探、钩沉、截击、拆分；叙述虽不断发生偏离，却始终维持内在张力。这是一种渗透性极强的思想的警觉状态所形成的张力。显然，卡拉苏的论题式小说不仅试图阐述极权话题，还要把我们带入一个思维的象征性宇宙。

　　其次，《夜》追求一种叙和议的高密度结合。不仅叙述是以感性的样貌呈现，议论也是以感性样貌呈现，这和库切《凶年纪事》以分栏排列的方式将叙和议分割是不同的。传统小说遭人诟病的一个现象是议论和故事间距比较远，人们甚至认为，像托尔斯泰的《战争与和平》如果去除议论，叙事的效果会更好。这其实是一个小说的常规问题，并无传统和现代之分。如何协调理性思辨与感性效果之间的矛盾，这个问题越是到十九世纪后期便越是受到关注。卡夫卡的长篇小说试图缩小议论和故事的间距，将两者纳入幻觉性气氛的叙述中，达到一种高度融合的状态。就此而言，卡拉苏的《夜》继承了卡夫卡的衣钵；它不愿放弃形而上论题的宏观框架，又想达到日常情境的仿真效应；其结果呈现为一种部分清晰、部分模糊的状态，理性和感性紧密交织的状态，而其主题的内核不再有一个遮蔽性外壳，干脆被抛撒到表层，在轮廓线、断层和罅隙中流动。在康拉德《黑暗的心》中，我们也看到这种孔雀羽毛般的变幻色调。《夜》正是在这个意义上追求一种幻象闪烁的艺术，以其诗意的诱惑和复调的言说，试图照亮一个幽暗的精神宇宙。

在这个幽暗的精神宇宙中，极权的状态，极权巨大的魅影，似乎出现在每一个人的心中，出现在每一种言说和言说的动机之中。

　　……他们难道从未有过这样的冲动，要用尽一切必要手段让别人接受自己的观点？他们难道不想要将加盖印记的命令像邮票似的贴在自己心上，贴在世人的脑门上？难道他们没有意识到，唯一的成功之途就是杀戮（如果有此必要），即或杀人不成（不管由于何种原因），那就虐待和骚扰？那就付诸瞒与骗？……直到你在任何一面镜子里都只能看见你自己。直到别人的眼睛成为你的镜子。更确切地说，直到所有的镜子反射的都是你，即使你不是站在镜前。直到人们的眼睛只能映出你所引起的恐惧，即使你并不在他们心里。……

《1984》中的奥布莱恩，其邪恶和智慧虽说让人害怕，可我们也因此而觉得自己是属于良知和自由的另一类。我们牢记温斯顿的宣言："没有一种文明能够建立在恐惧、仇恨和残酷之上。它绝不可能持久。"至少，我们应该在心中保持这样一束信念。

然而，《夜》的作者提醒我们，那面渴求同一性的镜子矗立在我们面前，即便镜子碎裂，那成千上百个碎片折射的依然是那个"我"，而在"我"与任何对立的他者之间，似乎并不存在那么清晰的界线。

2015 年 6 月，于杭州城西

献给 F. 阿卡特勒

每个星期一都携来失败的种子

——图尔古特·乌亚尔《每星期一·失败日记》

我通常在夜晚清醒地躺着。 我是他人睡眠的看守者，是主人。 我是飘浮在无形混沌巨梦之上的精灵。

……他们消失在一个遥远的、如同所有夜晚一样危险的黑夜中。

……他带着那黑暗之感的符号，如同这一夜的所有居民、一切梦中的居民那样危险。 梦里挤满了人物、动物、植物、物体，所有一切都是符号象征。 每一个都是自身强大者，当某一个人占据了象征的位置时，他就会呈现出神奇的力量。符号的力量就是梦的力量。

——让·热内《玫瑰奇迹》

自我构建个性的活动是……真实世界由此而形成。

——黑格尔《精神现象学》

第一部

1

夜色慢慢加深。降临。已经开始弥漫山谷。一旦它注满谷地，流淌在平原上，一切都将变得暗淡。有一会儿，没有一点儿光亮，无论在谷地或是山谷之外。有一阵儿，山冈的微光似乎足以返照上下；随后，那些山冈也都沉入黑暗之中。

在这样的黑暗中，只有言语还能显示自己的存在。在这儿，不再留下任何负荷或实体。黑暗所能提供的唯一实体，似乎就是让它本身可以被言述。在两个人之间。两堵墙之间。

于是，开始解开衣服，如此一来，在夜的折磨中，伤口也许愈加刺痛。

坚实的年轻肌体将进入夜晚。

松软的肌体在夜间将变成一摊烂泥。

只有舌头会叙说山冈之光和地下宫殿之光。只有言语会讲述游于光亮中的单细胞生物。

越来越暗了。黑夜在我们的五脏六腑间升起，一直升到心脏和眼睛。

2

中午刚过，第一批夜工就出现在街上。虽然只是寥寥
数者。

他们的工作是为夜晚降临做准备：比如，挖掘洞穴，以此
作为夜色顺利聚合之处。

他们的工作也是为让人们准备夜的到来：带来年轻的肌
体，让他们习惯去在夜晚需要的时候脱下衣服。为让他们适应
最漫长的夜晚，用冰冷的细金属棒刺入他们赤裸的肉体，或是
射入炽热的铅弹。

到了傍晚，每个人都能轻易地辨认出夜工。他们手持工
具，漫步在各条街上，人数越来越多，准备入夜，准备夜的
到来。

他们携带的工具，有的用铸铁制成，有的取自精心鞣制的
皮革，有的用上等木料切割而成，或是用适于加工的松脂塑形
而成。这些玩意儿用于捶击、撕扯、穿刺、凿挖、扭拧或击
断。也可施于燃烧或破碎。

这些工具旨在专门用于年轻的躯体。

3

　　午后，夜工们就开始四处晃悠，尽管鲜有人注意到他们。

　　有传言说，夜工们喜欢方方正正的面包。也许这座大城市里不仅是他们喜欢方形面包，可是面包店师傅、烟草店老板和杂货商都认为，所有想要方形面包的人想来必定是夜工。

　　商店里出售各种形状的面包，圆形的，长条的，长方形的，各样都有。下午三四点以后，孩子们放学了，生意开始忙碌起来。售出的面包越来越多——圆形的，长条的，长方形的，椭圆形的，方方正正的。各种各样的手——纤小的，大大的，瘦骨嶙峋的，柔软的，脏兮兮的，干干净净的，长满老茧的，黏糊糊的——拿走了面包。

　　夜工们行走在小街深巷，查访哪些人家有圆形、长方形、椭圆形和长条面包。虽说他们的行动显得有些漫不经心，但如果有人仔细观察一下，时不时就能发现他们之中的某个家伙走向某扇房门，在门上或别的什么地方做一个并不显眼的记号。这敏锐的观察者自是大惑不解。那些被做了记号的人家，从来都不食用方形面包，不过记号并非根据面包形状的线索而标定。说实话，那些在房门做的记号多少有些随意而为。或者，至少看上去是这样。

4

其中一座山冈——不是最高的那座，也不是最显眼的那座，而是它旁边那座——矫正者蛰居于此。生活在缄默之中。

这矫正者的孤独无法估测，尤其是黄昏之后。他从窗口望出去，等待夜色铺向整个大地，暗夜先是进入洞穴，尤其是夜工挖掘的洞穴，然后铺向旷野。随着夜色逐渐变暗，他时时刻刻观察着。他看着微光从大地表面退去，瞥向那些房屋的窗户，仍是黑黢黢的。

要阻止黑夜吞噬白昼是不可能的，但他不愿接受这个现实。很长一段时间里，他总想着怎样去阻挠那些夜工，怎样防止光明在大地上消逝。

一个人也许不愿意相信有些事情是不可能的，可是当他不得不接受现实时，生活也可以继续下去，不至于把人搞得心碎神离。事实上，矫正者的孤独之苦与日俱增，如同大地每一处表面都隐入黑暗，那是因为他发现自己在沉思良久之后仍然感觉无助，也无力解决问题。

此时此刻，唯一能够在黑暗中存活的实体，如我们之前说的，就是语言。舌头……懂得矫正者的孤独，故而言说。

更确切说，是暂时能够言说。一旦黑暗降临，笼罩了包括舌头在内的一切，那么就没有什么东西能够飞越这夜晚，除了猫头鹰，除了蝙蝠。除了它们的尖啸声和窸窣声，什么都听不见。然后矫正者的孤独就将他封闭，犹如置于井壁。

猫头鹰，蝙蝠，以夜晚为生，乃昼盲者。

5

舌头开始苏醒，首先，要扔掉羁束……

有好长时间，它们忍着什么也不说，可是现在，它们松绑了，想说什么就说什么。

它们的言说分若干层面。

比如，在最低层面，它们说，夜工为何戴着奇怪的头盔？

可是如果舌头上面那双眼睛仍然能让世界进入，那么它们或许就会说起不同的话题。

头盔一直都是环闭式的，但经过一点点调整，几乎不知不觉就变成了现在的式样。头盔后部遮住了所有的头发，以及一半的脖颈。（由于衣服领子越来越高，夜工们看上去都没有脖子了。）加长的两侧只有耳垂露在外面，而前面下延至眼部，完全遮住了双眼。与此同时，夜工们还留起了髭须和络腮胡。

由于头盔遮住了脸庞的一半，髭须和络腮胡又掩盖了脸部其余部分，每一个夜工看上去都一模一样。即使没有头盔、髭须和络腮胡，他们也认不出自己的同事。不过，像他们现在这副样子，就连他们的父母也难以辨认。他们想要的就是不被人认出，除了对他们这份可怕的工作的敬畏，他们不想在人们心中引起别的认同。

6

夜工们最初只是希望他们午后两三点钟上街时能让人望而生畏，而现在，他们发现有几种方式可以扩散和延长自己所引发的这种恐惧。他们随心所欲地强化或简化那些招数，目的在于加剧恐惧效果。街上的行人和缩在屋子里的人们在与他们目光相遇之际流露的种种害怕样子，让他们进而从人们的恐惧中发现了种种乐趣。于是，他们不断地想出新的招数。不过，当他们下午走上街头时，有时甚至他们自己都会为几小时后的奇妙偶遇而惊讶不已。

他们在城市主街附近的一条大马路上抓住的那个年轻人的遭遇，让很多人都清楚地认识到：在他身上发生的事情，既是出于心血来潮的即兴之作，显得新鲜草率，又是技艺高超的熟手所为，手段简单粗暴，令人惶恐不安。

就在同一天，待黑夜降临之后，他们就会琢磨出更加奇妙的招数。可是他们之前为什么没有想到这个呢？后悔带来了困惑。

他们的新招说来也够简单的。要做的无非就是纹丝不动地站在那儿，保持缄默。不用再别出花样。站在人家不注意的地方，一声不吭，就像是假装不在那儿。一连几个小时。

他们躲在黑暗的角落里，观望着灯光明亮的窗子里那些苦恼的脸庞，那些偷偷地左右扫视，然后消失在窗帘后面的眼睛，还有那些飞快伸出将孩子们轰出大街的手。仍在户外黑暗中的男人和女人，他们往家里一路疾走，目光直直地凝视前方。夜工们用胡狼般的耳朵捕捉着门闩轻轻插牢的声音。他们鱼贯而出，眼睛追逐灯光。人们在等待某种难以逃避却尚未发生的事情时因内心煎熬而产生的焦虑，这些夜工已经感受到了，他们全身血肉的每个部分都为此体验到了一种难以名状的愉悦。

7

脚注 1　很难断言这些描述的准确性，尽管对某些作家来说，最精准的表达要借由迅捷出手的词句，如同连环利箭般一支接着一支；另外一些作家的语言则如地下涓涓之流。我的文字要力图展现柔顺的风格，还要有像一个人在采撷鲜花时弯腰和起身那样的自然节奏。

8

鱼市街事件把所有的人都弄得惴惴不安，但没有人感到惊讶。

没有人知道夜工们为什么要在一日之中最热闹的时候，在通往主街的大马路上袭击那个年轻人，那儿距离杂货街不过几英尺之遥。

有人说是因为他携带的不是那种方面包；另一种说法，他的头发不是黑色的；还有其他人说，他走路一瘸一拐。当然，所有这些都是传言。没人知道真相。确实，难道还有真相能让你知道？甚至没人能肯定会有真相。人们知道的，或人们看到的，就是那些夜工突然从墙边蹿出，从墙角和门道那儿跑过来，聚到一起，在人群里攫住那个年轻人，将他团团围住。夜工们四散离去之后，留在那儿的只是一团血淋淋的肉酱。据一些目击者说，在落到暴徒般的夜工手里之前，那是一个漂亮迷人的小伙子，等到被抛尸街头时，剩下的血肉甚至不足他原来躯体的一半。他们还在那团血淋淋的肉酱上撒满锯末，用干枯的树叶将其掩埋。

第二天早上，人们从那儿经过，在透过阴霾的日光中，他们看到的只是路面上一摊发黑的污渍，就是那个年轻人被撕成碎片的地方。

　　现在，人们彼此瞪眼凝视，希望能看清对方利爪般的双手，看清对方像刀子般的舌头。可是动手的那些人，那些夜工，他们不会在大白天出现。那些人本来也跟其他人一样吗？有人相信他们也跟大家一样。

　　难道这样想就使得他们不那么可怕？

9

在目前的局势下，人们愿意相信无论何事都不至于那么恐怖。也许，我所称的"创世者的孤独"就是我想要相信的某种东西，我相信是因为我想要相信。

此刻黑夜渐渐铺满大地，也许创世者——或者说那位矫正者——他并没有孤独的感觉。谁知道呢？尽管他似乎想要阻止光线变暗，但也有可能他并不愿意做这样的事情，并没有去尽力把事情做到底。他撒手不管，就等于是纵容夜工胡作非为。在夜的准备阶段，他们或许接受了来自著作者——不是矫正者，不是创世者，而是著作者——的帮助。

也许，他们着手自己的工作时，已获得著作者内心隐秘的认可，彼此成了共谋关系。

谁能说出真相呢？除了著作者本人，以及他最亲密的助手，谁能处于知情者的位置？

然而，这想法就这么令人不可思议吗？我们终于从以上陈述中找到了关联：即便你确实考虑过这事儿，你也可能会说这念头很荒谬，并拒绝相信这种可能性。

人们越来越满足于相信他们想要相信的，或是他们希望相信的任何事情；也许他们几乎没有意识到自己已经停止了推理和思考，不再尝试按照它们本来的样子去理解事物。等他们明白了这一点时，黑暗已然降临。虽然看上去太阳每天早上升起，光明照耀整个世界，但夜的黑暗却永远不会完全消除。

10

脚注 2　我是不是在东拉西扯，拖延篇幅？到目前为止，看来什么事都没有发生。难道我真的想要来一个陡然而令人惊讶的转折？可是，到目前为止，我所能够给出暗示的线索，只是脑子里诸多主题中的一个。是时候将一切都拉扯到一起了，是时候去做出抉择了：所有这一切的著作者究竟是我自己，还是我创作的人物之一。

11

不管我多么努力地尝试，我都不记得自己曾放下过手中的公文包，或是让它在别人面前敞开过。可我发现里面那些文件是我之前从未见过的，尽管在我预料之中，也曾等待它出现，认为它是不可避免的存在。文件折叠着。洁白的纸页让人觉得陌生。我在公文包里翻开这些文件，满腹狐疑地将最上面一页翻过去。"——不要进入电影院和剧院。二十四小时之后，塞温奇将抵达。"看上去够清楚的。不是吗？

那个女人曾把我带到审讯部那间狭小、黑暗的档案室里，也许，塞温奇就是她的名字？为什么这种巧合的可能性不应该浮现在脑子里？

狭小、积满灰尘的档案室，世界各处肯定都是一个模样。图书和电影里已经出现过大量的描绘，难道不是吗？像我们这般有悟性的人，应该很高兴我们国家也采用了这种唯一能够持续提高效率的工作方式：档案室越来越小，空气越来越闷浊，越来越多的人趴在办公桌后边，就像羊群等着去放牧，办公桌之间的距离越缩越小，小得只容他们进出，为了削减成本竟安排两个人面对面共用一张办公桌。

面对那些本应令我们害怕的事物，我们表现得就像它是某种吉兆似的；我们尽可能对自己的苟且状态表示满意。既然以此作为幸福的基础，为什么我们还要选择生活在恐惧之中？

今天早晨的那个女人，名字也许是叫塞温奇，她来到我家把我带走，告诉我应该跟她去一个什么地方。我试图表现得不那么害怕；我根本没想过拒绝。直到我坐进她停在大门外的汽车，她开始加速行驶时，我才想起问一句："你是谁？"

"我是谁不重要，"她说，"我只是传话的人。"

12

白昼让夜工们感到困惑。黑夜就站在白昼后面，根据他们的判断，黑夜绝对就是幸福。对他们而言，幸福之国仅存在于童话般的过去，曾几何时，这座阴影浓重的花园约束了他们，装备和滋养了他们。在他们无尽的记忆中，天色破晓白日到来之际，那静谧的黑暗就溜走——再也找不回来了。在这静谧之中，这般黄昏时分，他们梦见一个无限的自我拥抱宇宙，梦想着疾驰的骏马，面对望风披靡的敌人，只能以汩汩血流平息心头的怒火。不能留下任何活口。

当某地进入夜晚，夜工们潜入朦胧的梦境水域中开始游泳，他们像是被一双爱抚的手托送着，从成年回到了童年的故居。他们就像从家中眺望窗外的人们，看见外面不是他们记忆中熟悉的城市，只有无限延伸的红色大地……那熟悉的操场、军营、花园和公园，如今只留下唯一痕迹——那条通道，那条属于别人的通道（"别人"这个说法，在他们这儿有些模棱两可：它是指某个旁人而不是他们自己；它也意味着是另外一类人，而不是自己的同类或是能在他们身上看出自己的人），就说那道石头墙垣，它在红色大地上几乎令人无法察觉。这道并无功能意义的石头墙垣横贯红壤田野，从一端到另一端。做梦者渐渐觉察到了这玩意儿。从一端到另一端，这道墙垣穿过的大地是如此空旷，叫人难以置信（不管你怎么费劲观望，曾在墙垣中央气势宏伟的拱顶石上高高耸立的巨型骑士雕像，如今再也看不见了）；目光所及之处像是一片被耕种过的土地，第一场雨后变成了沼泽，然而却找不到一棵树、一头野兽，或是一个人。这片土地介于橘色和红色之间，石头墙垣是污浊的白色。受寥廓大地的返照，甚至天空也变成了黎明或日落时分的彤红。这是白昼驱魅时分的光线，抑或它胜利的时刻还离得很远。在这片难以估量的延绵无边的土地之外——只是梦中才有这种超越本身之外的呈现——有一些斑斑点点的东西，类似绿色草丛，宛如一簇簇四散开去的草木。可是这里没有街道，也没有人。这是一个城市。而一个城市里却没有一个人，只有观察者存在。这是一个城市的影子，在那儿，甚至农耕养殖也已被遗忘，成了一座死城，从这片土地的表面被刨去了。

（为了能让这片土地上仍有马儿奔驰的踪影，尚需进一步从天地之间清除人类的遗迹。）

作为夜工之欣悦，在于看见自己骑在马上疾驰，或是当白昼沉沦时，看着马儿奋蹄奔跑在这片土地上……当然不能跑出他们的窗口，不能逾越他们窗口的黑暗。他们相信这般取之不竭的黑色乳液来自一个永不干涸的乳房，这完全有可能，他们将持续人生的泅渡与飞翔，不会从梦中醒来，不会被天堂摒弃，他们不相信天堂已然失去。

13

　　我的公文包一直夹在胳膊下面。一钻进审讯部狭小的后门，我们就在没完没了的走廊里转来转去。到那儿去肯定花了我一个小时。从车窗内望见的街道和房屋是我熟悉的地方，但我好像又是第一次看到它们。我外出不走这条路已有多年。这座城市的扩展和变化真大！

　　我身边的女人，好像厌倦了在走廊里转来转去，在我毫无预料时突然打开了门（她已经一步迈出去了），把我推进里面。她让我坐到一张桌子旁边。

　　我的公文包一直夹在胳膊下面。一个秃头男人，没留髭须，也没有络腮胡，不戴眼镜，既没有眉毛也没有睫毛，面对我坐在桌子那头——这是一间档案室，堆叠的文档卷宗就像软塌塌的四壁把我们包围和压缩在中间——他开始向我提问，没有什么奇怪的问题，都在我的预料之中。年龄、出生地、出生年月、母亲姓名、父亲姓名、职业。你知不知道为什么我们要把你带到这里？你想不出任何理由？你最近离开过城市吗？（距我上次离开城市已经有些年头了。）

　　我不知道他们对我的回答是否满意。他们提问时，目光长时间死死地钉住我。然后，他们彼此瞥了一眼。那个没有头发也没有眉毛和睫毛的家伙从座位上站起，出去了，像是要去另一个房间拿什么东西，或者，好像突然要去小便。他没有再回来。那个坐在我旁边的女人一直在看手表，给人的印象是似乎她在计算时间。"好吧，"她说，"我们走。"不大一会儿，我们就回到了街上。在门口，她说："再见。"我回到家里。我打开公文包："二十四小时之后，塞温奇……"

14

　　有这样一个夜工小组,他们并不携带镣铐、棍棒、皮鞭和绳索。他们唯一的武器是夹在腋下的匕首,形状长而尖细,像是串肉杆;与其说他们是成天携带这玩意儿,倒不如说这东西就像长在他们身上似的。或者,看着他们手臂交叉抱在胸前,轻轻地抚摸着胳肢窝,你就会这么相信了。

　　他们很少使用匕首。他们真正干活的时候用的是别的家什。如果行动时碰巧遇上了麻烦,他们倒宁愿采用其他的、正常的方式,除掉那些麻烦。

　　这个夜工小组的任务就是写字,在墙上、门上、柱子和路面上写字,一切可以写字的地方都不放过,不管是木板还是石头表面。当人们睡觉时,或者在人们熄灯后在黑暗中度过的那焦虑的若干小时里,这一组夜工就散向这座城市的四面八方,在每一处写上:长夜将至。短暂的夜晚之后是短暂的清晨,人们外出来到街上,只见传达长夜信息的使者留下的题字,这题字不能引向清晨,哪怕是长夜将尽的清晨。这题字有时以缩写形式出现,简化为单个的字母。据说,在短暂的夜晚之后,会有一帮人出来把那些字母描成奇异的花饰和狂野的涂鸦,以掩去字迹。随之而来的夜晚,另一个短暂之夜,另外一些带着刷子和油漆的人就出动了，他们寻找墙上、门上、石头或路面上的空白之处。这是要避免夜工和那帮人的对抗。否则那帮人就会变成墙上和街上滴血的花朵。雨和皂液会及时地冲刷掉血迹，对油漆却无计可施。

15

　　我开始走进一个熟悉的社区，走上一条熟悉的街道，走向一幢熟悉的房屋。在人们沉重的脚步踩踏之下，雪地即将变为坚冰。我冷得不行。为了造访朋友家，我将不得不沿着坡道向上走了好一阵，然后拐进一条又短又窄的小街，然后是跟我刚才走过的街道平行的一段窄巷。要图方便的话，我可以穿过街上那头的一座老宅，从它后门出来是一个院子，从那儿再到我朋友住的那条街上。考虑到天气酷寒，我不想从一条街绕到另一条街，便决定走这条路，这看上去是一条捷径，虽说我通常不愿无事去登人家的门，不过我还是放下顾虑溜进了那座宅子。由于外面太冷，孩子们都窝在室内，挤在楼梯下面，他们玩闹的声音实在太大，搞得整个宅子都在颤抖。一道石墙砌在那儿，堵住通往后门的路。我就开口问："后门……"那帮孩子没等我把话说完就大喊大叫着给我指路。我这才明白必须先上楼去，然后从后楼梯下来。"他们把房子隔成了两半。"一个稍大些的孩子说。我登上楼梯，走上去似乎越来越窄。楼梯转角处堆放着床垫和被褥，这阵势像是一个居室局促的女人在搞春季大扫除。但现在是隆冬，搞什么春季大扫除啊？还有好几个月才到春季呢。孩子们跟在我身后上楼来，又开始大喊大叫，一开始我都听不清他们在叫嚷什么。他们开始拉扯我，拽住我的裤腿和上衣后摆。我费了好大劲儿又走下楼梯，走到前门。我放弃了抄近路的想法。我打算绕过这条街道走。这时传来他们母亲的声音，她们从楼上房间里出来了。我感觉自己像是被人追着撵着。突然，我明白他们在喊什么了。他们现在用齐唱般的声音叫喊，好像振铃似的一遍遍炸响。"日工，"他们在喊，"日日日工工工！"

16

私下里有许多关于"他"（或者"他们"）——就是夜工必须听命的人——的传言。起初，每个人都只是自己胡乱猜测大头目的身份。后来，又有三四个不同的名字冒了出来。一段时间里，大家都认定是某人，但很快又改口声称是另外一个人或一些人，这个人或这些人就隐藏在最初提到的那个某人的背后。这样的议论有过一轮又一轮。一些关注夜工行动的人说，很容易看出他们只忠于一个人。只是最近，这些传言才成为活灵活现的公开议论。没有人确切了解大头目的身份，但关于这个人（或这些人）——想来应该是大人物——有不少未经确证的臆测。然而，没有人站出来说自己对于这个问题的判断确凿无疑，或者他说的确实真是那么回事。

不过，似乎有些事情人人心知肚明，大家都在众口铄金地反复强调：这个大人物，不管他是什么人，人们都对他极为忠诚、极为敬畏也极为防范，因为他对任何过错都做出同样的判罚，不管是大错还是小错。

判罚就是：处死。

他们说，这个大人物认为每一个夜工都必须习惯于杀人；每当必须有一名罪犯要被处死时，他都会按照根据字母顺序编制的花名册，指派轮到的那个人去领命受死。他们就是这么说的。有些人认为，让那些杀手顾虑到自己有一天也会被杀，是一项值得赞赏的政策，可以防范他们一丝一毫的越轨之举。只是在最近，人们才开始公开谈论这些。但大多数人不相信这样的事情，不愿作这种臆想。所以，几乎没有人挺身而出，公开指责那个大人物，不管他是什么人。

17

我总算冲到了街上，混杂着焦虑、恐惧，以及通常只有在最可怕的噩梦中才会经历的压抑。那些小的老的都在我身后大喊："日工！日工！"我判断这是最新的骂人话。但我想不起是否夜工在墙上石头上留下过这种辱骂字眼。我也想不起曾在什么地方见过。今天早晨，我又一次查看了路面和柱子。哪儿都没有这个词儿。不过这种攻击性言辞确是出自那天孩子们的叫喊。"日工"也许是用以对应"夜工"的说法。但也许只有我被用于"夜工"这个词的拓展意义。或者，换一个思路，是我第一个产生了这种想法，还是我不意撞上了一种人所皆知的事况？

那天我索然拐进那条小街，却没敢冒险去朋友家。其实我当时很想说，我再也不会踏入这个社区了。然而，我却说，我会等待，总有一天，如果我不再有这种恐惧……

我也没有给朋友去电话说明。谁知道是怎么回事？那些跟在我身后像那样大喊大叫的人，也许已经让他没法在这个社区继续待下去了。然而，他和我总是会想，我们没惹过什么麻烦，也没做过得罪人的事儿。

在糟糕透顶的情况下，我也许会被人说成是不懂得友谊的珍贵，或是不看重朋友，因为我那天没有去朋友那儿造访，事后也没有再去看望他。

　　不过，上述说法也不完全准确。我没有实话实说。那天我索然拐进那条小街，走到靠近朋友家的街角附近，到这里，这段叙述也许都是真的。可是当我走到那条街的拐角时……

18

如果笼罩一切的无边黑夜是种预兆，昭示着人们在近乎复仇般的冷血状态中互相杀戮，不必耽于良心的阵痛，他们只消一味出手，对自己的死期也许就在明天这一点心照不宣——或许这正是因为他们知道这种可能性——那么，这也预示着另一种前景，即用来穿刺、凿挖和碾压的各种器械，用来切割、捶打、刮削、撞击、杀戮、破碎和肢解的各种工具，将在公开场合普遍使用。

使用这些家什的并非只有夜工。事情越来越清楚了。

在城外的某处（那里堪称附近景色最怡人的地点之一），葱茏苍翠的树林中有一块空地，一个很像是古代圆形剧场的地方……

人们就是这么说的。可是我去看过那地儿，它根本不像古代的圆形剧场。它更像是那种圆形竞技场，那种上演血淋淋的游戏的场所，或者更确切地说，在我的感觉中就像是这类名词所描述的地方。

我看见过一群人，站在一个椭圆形场地两边，四周环绕着参天绿树，还有深绿的植物和绿色的巉岩，在透过林间的光线下，那些人的衣服、帽子、靴子和毛发似乎也被染成了绿色。

他们举枪的姿势颇具仪式感，校准视线，瞄准场地对面的人，然后开火。那是清晨时分，太阳刚刚照亮天地，头顶的天空和密林间呈现一派深蓝而清晰的颜色。

其中有人被射中，一头栽倒在地上，这时两边爆发出响亮的鼓掌喝彩，整个场地都回响着这声音。据说射击会一直进行下去，直到剩下最后一人站在那里。

19

这种事情很难理解。他们好像是在参加某种仪式。他们似乎正要开始一场棋类或是足球比赛。他们用低沉的声音互相交谈，像是要出手不凡地大干一场，他们站在椭圆形场地两端，到位之后，便隔着场地跟对面的人懒洋洋地打个招呼，好像要确认一下自己的目标，每个人都确信自己在这场比赛中是最棒的。

我胸口发闷。经过城区边缘最后的几处空地后，我便一路跑在坡道上；我跑得差点喘不过气来。我躲在一棵大树后面，从这儿可以俯瞰下面的场地。

我现在成了少数现场目击者之一，虽说人人都对此事津津乐道。

那些人不需要花很长时间去瞄准目标。他们所有的人全都一动不动地站着。这一头齐声高喊一声"日"，另一头齐刷刷地应答一声"夜"。这两个字让我更加困惑不解了。

他们一个接一个地举起枪。

我面前的树干是深褐色的。我的衣服是灰色的。树叶沙沙作响。天地之间，空气如玻璃般清澈明净。枪口沉默无言，并未冒出烟火。慢慢地，一枪一个，他们渐次倒下。两边都一样。一幢很小的建筑物顶上有一面巨型记分牌，上面用闪亮的数字显示死亡人数。

没等到最后一个人倒下，我就逃离了那个地方。

20

　　"夜工"是一段时间里人人挂在嘴边的词儿。但"日工"这个相反的名称却没有流传开来。至少我就从未听人这样说过。

　　不过，显然已经有人加入到这支"日"字号的队伍中，而且在对抗那些聚集在"夜"的名头下的家伙——或是也像孩子们那样叫喊"日工"，玩着街区里互相追逐的游戏。

　　人们不能说，在城外空地上，在绿荫掩映的场地上，那些互相射杀的人只是在演习，或是在训练自己的手和眼。如果这种事情搞成了日常惯例，那么每天都会有十到十五个人丧命。人们只能想象那些玩家多半是在别处准备和操练他们的游戏。无论将他们称之为玩家有多么荒谬，也很难另外再想出一个更贴切的名称。既然当天唯一的幸存者必须参与次日的游戏，那么或迟或早，他都会被射杀。他能够享受的最大好处，就是在他幸存的那个夜晚成为斗殴获胜的英雄。

　　可是，在这种事情上最难理解的是玩家执行的保密工作。倘有非玩家者靠近那个场地，或者本来不该在场的人出现了，一律格杀勿论——他们是这么说的。而那些像我这样没有被逮住的目击者——这也是有可能的，虽然细想之下似乎有些奇怪，但确实是有可能——他们只会将窥探到的情况透露给最信任的朋友。至于事后他们是否受到惩罚，或者说是否被射杀，我不知道。

21

当我走到朋友家所在的那条街的拐角时，我没有转身径直走向他家门口。他就站在我面前，其实就在几步开外。他茫然地朝我看看，又瞥了一眼自己的表，噘起嘴唇，做出左顾右盼的样子，好像在等候一个迟到的访客。

我抵达街角时已是上气不接下气。接近他家的那段路上，我加快了脚步，几乎是跑着去的，这不仅是由于我生怕孩子们没准又会追上来，还因为我为自己没有早点来看望他而感到尴尬。我抬头看见他时，要是我们的视线没有相遇就好了，要是我先看见他就好了……那样的话，又会发生什么事情呢？我承认我有一种究根问底的好奇心。

我向他靠近一步，翕动嘴唇想说点什么，正要伸出胳膊去触碰他，但所有的这些动作却在他那茫然的凝视目光中僵住了。我不知道我是怎么让自己镇定下来的，可我做到了。我挪动双脚，在街上来回走了几步，装出迷路者踯躅街头的惶惑样子，又回到街角，这时我注意到朋友抽动了几下眉头，像是在暗示我往大街上走，于是我便朝那个方向慢慢走去。我全神贯注地留意着他在走过我身边时说了什么，心想这个朋友正昂首挺胸地走在我身后。我还没走到这条街的尽头，他就赶上了我，然后转过街角，消失不见了。他给了我一个电话号码；准是这么回事。我要等待至少一个小时，然后再打电话。我想他要在一小时后才能接电话，如果他现在急匆匆地是去赶往电话机前，那我至少还有那么长的时间可以去找地方打电话。

22

脚注 3　我就这么有一搭没一搭地写下去。重要的是，不能让读者察觉到，有些线索不会带出什么事件或人物，或者反过来说，不能让读者发觉只有两三条线索会贯穿到底。我得格外注意这一点。我必须让人物栩栩如生，同时又让他们带有不确定性。可是，这种构想真正的意义何在？由于叙述的主题有时会变得难以捉摸……

23

有些人觉得这事情奇怪；另外一些人什么事都见怪不怪。起初，夜工只是流言和闲谈的话题；后来有几个夜工被人发现并引起注意。可是对于大多数人来说，事到眼前显然迟了许多，只是在最近，才听说那帮家伙的出现对每个人都有威胁，他们打人，伤人，杀人。更可怕的是，甚至一开始，每个人都从心底打战，每个人（就像一个等着无法逃避的绝症结局的病人，在早上醒来时想到自己的病，便说今天也许跟昨天一样，我不会有太大的痛苦，我没准能熬过这个白天……就像那个在夜里躺下时不肯放弃看到黎明到来的希望的病人），对自己会在某个不确定的未来的某个不确定的时刻消失，都心怀恐惧，身陷煎熬，已经变得习惯于顾影自怜，觉得他自己，他的朋友和亲属，甚至他屋里的宠物都被这种无可救治的痛苦所袭扰。即便你得了无法治愈的病症，而你仍然会去看医生。你会四处寻医访药，一直跟病魔周旋；你表现得就好像希望——或诸如希望之类的心愿——也许永远不会消失，也永远没有消失，其实你心里一直都非常清楚……

有些人总是大惊小怪，有些人根本就见怪不怪。人们不得不放弃对自己同类的所有信任，让内心屈服于太多的恐惧和焦虑，甚至当他们看上去还顺风顺水时，他们也竭力要克服困难以防不虞。那些总觉得不自在的人向每个人发出警告，提醒说那些夜工长相正常，就像任何普通人一样。可是，任何一个能如此随意地杀戮，就好像杀人只是一场游戏的人，或者是，任何貌似正在做这种事情的人，还能被认为是正常人吗？

24

　　袭击和杀戮，通常被解释或是理解为愤怒、恐惧和压抑的结果。愤怒、恐惧和压抑很容易互相影响，互相模仿，诱因似乎化作动力，而动力仿佛就是诱因。所有这三者都是困扰自我的自卑感的表现。莫非所有的夜工都是从连连失意的沮丧者中挑选出来的？莫非所有的夜工都不可能逃离自身童年的恶魔？莫非他们无法尽情地拥抱自己的爱人，或是无法将自身的肉体与他们渴求的肉体合二为一？

　　有些人就是这么说的，或是在争辩中有过类似的表述。还有另外一些人会分析这种迅速到来的夜之浪潮的本质；这些人认为事情简直不可思议，面对这汹汹而来的浪潮，任何人都只能准备向死神投降。

　　可是也有人对此见怪不怪。这些人还说，臣服于恐惧是大错特错，既然认定一件事情是邪恶的，你的行为就不能表现出屈服于命运的样子。然而，放弃对人类的信任难道就比这些人的见怪不怪更糟糕吗？如是而论，比起至少仍然残留着对人类天性的信任的那些人，他们的命运就更为可悲了。抑或，恰恰相反，也许他们完全知道人类既有畏惧感又有抗御它的能力，只不过他们就像是对沙漠下雨也不会觉得惊奇的人，尽管他们也知道这雨量是多么有限，降雨的效果是多么微不足道。

　　我的朋友就是这些人当中的一个。我记下了他给我的电话号码——那一瞬间，我心里只想着那个电话号码，就因为这个理由，我甚至现在都想打这个电话——我慌不择路地朝那些空地奔去(什么空地？我应该说是荒郊野地)，我慌不择路地朝荒郊野地奔去。

25

街道突然离开城市，通向乡村和草场，这样的街道只见于少数地中海国家的城镇。这里的野外不时刮起尘土飞扬的大风，地上长着稀稀拉拉的矮小灌木，颜色黄黄的，还有蔫不唧的小草，沙石地上尽是鹅卵石大小的石块，很难行走。我环顾四周，却没看见我的朋友，他刚才就走在我前面不远之处。眼前也没有任何院落或是门道能让他钻进去。在我身后，有几幢散落的房屋，但只有窗子朝向野地。

我在朋友刚才消失的地方停下。待我一番斟酌，推论出朋友唯一可能行走的路径之后，我便转身朝相反方向走去。我打算折回去在前边堵住他，于是又重新穿过附近的街道。起初我经过的那些房屋，大多拉着窗帘。这样走并没有偏离方向，可是不一会儿那些房屋都远远甩到身后了。我不能理解为什么这座快速发展的城市偏偏在这儿戛然而止，就是这同一个城市，十年或十五年前就限定在这儿。我本来认得那条路，印象模糊的路径能把我带回那一带。可就在这时，一条更值得考虑的通道出现在视线中，看上去这条路更适合行走；这条路并非直插那一带街区，而是通往一座小小的丘冈。我感到好奇，内心有一种冲动，很想循这条路走去。我就这样走过去了。

　　在档案室，他们问我是否离开过城市。显然，他们料想我
应该离开过。今天，他们的怀疑得以证实了。塞温奇还没有露
面。如果不走进电影院和剧院去接头，我肯定会觉得自己很愚
蠢。我不知道我是否应该觉得满意，因为那份文件上没有这样
写："别去上班。待在家里。"

　　我是在期待看到丘冈后面有新的街区吗，还是别的什么？
我不知道。但我发现自己来到了一个荒芜寂寥的地方。一路下
去，有一个茂密的林子。我觉得我似乎看到了一片林间空地。
不断传来撕纸般的声音，音量扩大了一千倍，就从那个地方响
起。声音不规则、不均衡，时不时地来上一下。

26

　　一天早晨，在城市主广场的人行道上，步行上班的人群在一个特殊地点分成两拨散开，他们并未放缓脚步，低头匆匆一瞥，往前走一段路后便又会聚到了一起。

　　就在那儿，就在他们身边，有人躺在地上。搞不清楚他是死了，受伤了，还是喝醉了，抑或只是一场车祸之后被扔在这儿。他脸朝下躺着。胳膊和腿四仰八叉地摊开着，姿势很不自然，看着像是谁家发怒的孩子扔出去的一个破玩偶。他的四肢上似乎有太多的折裂和凸出部位。没有人在靠近他时会停留太长时间。

　　最后，一个上了年纪的老妇人放下自己的提包，撑着膝盖弯下身子，然后，一只手扶在人行道上，费力地跪下来，试着轻轻扶起这男人的头。男人的呻吟让两边的行人放慢了脚步。老妇人小心地放下他的脑袋，然后抬头打量着过往的人群。一个年轻男人停下来，站在那男人的脑袋旁边，两人一起用力把他的身子翻过来。这人的呻吟变成了奄奄一息的微喘。一个小男孩小心地帮着把男人的两条腿翻过来。

　　男人仰面躺在地上，轻声呻吟着。他的胳膊和腿折断了几处。他脸上血肉模糊。血迹从脸上一直挂到腿上；他的腹部有

一大摊血，洇出老大的一个圆形，一直连到腹股沟。蓟叶、干
草和草籽粘在他的头发上，外套和袜子上也都是，但似乎只是
老妇人注意到这些。她有一两次伸手想掸去那些东西。然后，
她好像为自己这种无意义的动作感到有些不好意思，伸手拿起
自己的包，攥住提襻。

27

　　我从那绿色林子里人们互相射杀的椭圆形场地逃离后，发现自己远离了城市。空气是如此清新，光线是如此明净，简直不像是真的。最后，我终于踏上了一条沥青公路，那肯定是环城公路的一段。我不知道自己身在何处。我甚至没法判断回城的方向。

　　有一阵子，我走在硬路肩上；接着，绕过一个转弯处后，我猛地看见一座庞大的建筑物。等我走到近处，我才意识到这是国家图书馆——也就是被人称为"知识宫"的地方——我们听说这建筑已有好多年了。但我以前只是在报纸杂志上见过它的照片，从未目睹这幢大楼。当时在城区几英里之外修建这图书馆曾引起很大争议。

　　我似乎忘记了一切。我朝"知识宫"走去。从外面看，这幢大楼很难说是否已全部竣工。其中有些部分似乎已经完成，而另外一些部分甚至还没有抹上泥灰。我从门口进去，但没有走那些比较阴暗的过道，而是朝着光线明亮的地方往前走去。这如此开阔、阳光如此充足的区域，也许是整个建筑物的中心地带，这儿几乎跟外面同样明亮。在炫目的光线中，我睁眼数了数有四个楼层，每层楼梯口都安装了高高的栏杆，场所四周是

一组组明亮的灯具。我闭上眼睛让它们休息片刻，重新睁眼后
我才看清了两边往下去的楼梯。我朝其中一道楼梯走去。我往
下走了一整段楼梯，那楼梯却突然走到头了。这儿依然很明
亮。我似乎悬挂在最下边的台阶上。脚下的虚空要把我拽入黑
暗之中。

28

就在这一刻，我开始怀疑自己是不是在梦中，但即使是这怀疑的念头，也让我颇感离奇。我究竟在什么地方睡着了呢？我尝试了自己知道的所有测梦方法。我倏然向前伸手，拧一下自己，眼睛睁开又闭上，抢起胳膊从左甩到右，从右甩到左。我显然不是在梦中。

我注意到，另一道楼梯的最后一个台阶离我的位置不是太远。我纵身一跃跳了过去。难受的是须提防脑袋磕碰到刚才那道楼梯，它就紧贴在我上面，都要蹭到我的背脊了，我几乎是四肢着地爬着前行。越往上走，似乎楼梯底下的间隙就越窄。很快，两道楼梯就要挨到一起了，如果再爬几个台阶，我肯定就要被卡住。这时我才意识到两道楼梯交叉到一起了。我费了很大劲儿才爬到上面的交叉点。从那儿开始，楼梯的间距就拉开了。在第一个楼梯平台，我朝着自己想象的门的方向走去。让我惊奇的是，我竟然找到了出口。我不再问自己是否在梦中，因为我根本就不曾醒来。

我的理智无法解释这些未完工的、纵横交错的楼梯。许多年来，每个建造者准是按照自己独特的方案修建这幢大楼，他们在放弃工程之前都给它增添了一道他们自己的楼梯。

29

最近，夜工们似乎不只是在夜幕降临后才成群结队来到街上；相反，天还亮着，他们就分组出动了，手里拨弄着粗短的绳链，于是黑夜就比以前来得更早了。我们说，这肯定是感觉误差，我们愿意相信自己所说的：白天变得越来越短了……我们是不是认为太阳也在调整自己以迎合他们？真够荒唐的。

这天早上穿行在城里最大的广场上的人们，渐渐学会区分那些被扔在马路上的人，有些是在夜里被殴打、被枪杀，然后被抛尸街头的，还有些人不过就是躺在血泊里，通常被打断了胳膊和腿。

那些被打断骨头的人显示了痛苦折磨的暴虐效果，跟那些被伏击和枪杀的人身上体现的效果完全不同：有传言说，那些还留着一口气的受害者是早些时候从人群里随机抽取的，他们被带到广场周围几座塔楼中的一座，用于研究工作，也许按照完满的说法，这应该被称为"科学流程"。人们说那是用来检测人类耐受力的。一个新近成立的夜工专家小组，在改良、调整和增加了逼取口供的传统套路，迫使人们交代他们知道却不愿透露的信息之外，现在正在研究，在什么时候、在何种情况下、采用怎样的手段能迫使人们交代他们不知道的信息——那些信息只从审讯者的大脑中经过——以及，与之相应的是，在对自己愿不愿交代别无选择的情况下，人们会交代出什么样的信息。所有的研究都围绕着这一点，起初的情形让人连连失望，但专家们肯定，只要他们改进方法，就一定能取得成功。

30

脚注　我如何来掌控人物与作者这两者之间的微妙关系？前者被描述为洞悉故事内情却不愿透露，而后者呢，他不仅知晓内情却不肯说出，而且始终透露出他一直在隐瞒信息。　除此之外，既然我质疑自己这种方法背后的叙事策略，那么，我未能解决这个问题的失败本身不也很重要吗？矫正者、创世者、著作者，所有的因素都已出现在本书开头部分。这样看来，我想我不能再提到他了，可是，从一开始我就想过让他作为我的化身之一。

31

许多人的亲友突然消失不见了，听说可以在早上去那个大广场寻找他们；如果三四天之内还找不到，他们就等着亲友自己出现，或是在另外某个地方被别人发现。尽管他们的希望是如此渺茫，有时候仍会有难以置信的事情发生。否则，人们还能抱有任何希望吗？

那些专家专门榨取人们并未掌握的信息，我对他们的眼睛感到好奇。他们的眼睛在白天肯定也像夜猫子那样带有令人恐惧的冷漠，跟食肉禽类一样透出刀锋般的凝视。

（很奇怪在大白天就扯到夜猫子的眼睛。除了它们的猎物，谁能在黑暗中看到它们的眼睛？）

有机会见过榨取者眼睛的那些人无法对此做出描述，他们躺在大广场人行道上的时候就更不行了。

他们的眼睛，在我们的想象中既冷漠又锐利——当他们面对那些被踩躏、击打、撕裂、扯碎，被扔在一边任其死亡的血肉模糊的躯体和骨骼时，他们会有一种什么样的眼神？人们很想知道。

当他们俯视着那堆血肉时，眼睛里会看见什么？

32

脚注　虽然试图消除时间，我们却不必消解言语的肌理？

33

最初那几年的热乎劲儿过去之后，建设国家图书馆或者是"知识宫"这事儿已经凉了下来；起先成为人们嘲笑的对象，如今干脆就被人遗忘了。媒体上偶尔还会出现关于这座建筑物的零星报道，声称所需资金已经划拨——好像这项建筑从未中断施工似的。有时甚至传出中小学生去那儿郊游的消息——列述孩子们参观后的印象。别说有谁会试图确认这些事情的真实性；很难相信有人会停下来打听这座建筑是否还耸立在原来的地基上。那座宫殿承载的属性只是流言蜚语，尽管对不同的人来说具有不同的象征意义。

我想知道，有多少人曾经有过像我刚才那样的经历？

我没有转身回城，却一路往南走去。肯定已经过了我打电话的时间。我当时看过表了吗？我不记得。现在已经四点多了。这条路越来越好走，很快把我带到了另一条相对维护得更好的沥青公路上，尽管这样的道路出现在这种地方有些违背常理。前方道路两边的斜坡像是让巨大的刀具切削出来似的。这条宽阔的沥青公路跟我刚才走的路形成直角，朝左右两边伸展开去。城市很可能是在左边。

34

沿这条路走下去，右边耸立着一座巨大的建筑物，我以前从未见过，在我接触的范围内，甚至都没听人说起过。楼前停着许多颜色、款式各异的轿车，一律都很时尚，这地方给人的印象很可能是一家酒店，要不就是运动俱乐部，或是赌场之类。这座城市里所有最时髦、最新款的车子好像都集中在这里了，包括通常很少见的或者很少听说的车子，似乎每一辆不同颜色的车子都在呼朋引类，把同一款式都吸引到这个地方。这座建筑物绝不是那种传统的营造式样。它闪亮炫目，痴迷地显示着一派浮华气息，几乎就是一个赤裸裸的炫富样板。建筑物和所有的场地都经过精心装饰，后面有林木环绕的庭院和花园，若是将古代的宫殿置于其旁就显得太寒酸了。

这地方挤满了人。里边供应各种风格的茶、咖啡和其他饮品，还有蛋糕、糕饼和其他装饰华美的食物，盛在盘子里，盘子上镶缀着熠熠闪光的金叶。人声鼎沸，熙熙攘攘。但即便如此，似乎还不难听到谈话声，因为显然没有人在大声喊叫。一位著名歌手正在演唱她最流行的一首歌曲，歌声盖过了一切噪声絮语。一些人坐在桌边，其余的随意地转来转去，或是站在那儿聊天。根据在停车场别人瞪着我看的样子判断，没准我会因为不属于这个地方而被人撵走。我一身灰蒙蒙的衣服，想来不至于引起别人注意。也许，在这个人人都坐车过来的地儿，我让他们感到惊讶是因为我步行而来，从头到脚都脏兮兮的。然而，到了里面，就没有足够的空间能让人家盯着看了。我费了老大劲儿走到电话机前，看见电话机搁在镶有青绿色塑胶防滑条的隔音间里，在一个隆起的平台上。虽说这儿宾客满堂，但让我奇怪的是，并没有人排队等着打电话；这时我才注意到，这儿的每张桌子上都有一个放置电话机的隔音罩。

这儿的每样东西都显得过量。

我花了一点时间穿过拥挤的人群。一路上，地面有些地方高，有些地方低；我得先走上两三级台阶，只为了随即又走下两三级台阶。等我走到电话间时，我已是满头大汗，不得不先擦掉额头上的汗水。我走进电话间，拨了记在心里的那个号码。电话占线。我就坐在平台上等待，这时，在附近一张围着一圈人的桌子旁，有一名男子在看我，我们的目光相遇了。我想是由于我们彼此都过于自尊，谁也没把目光转开。我再次拨号，还是忙音。当我再次坐下时，那个男人走过来站在我身边。他露出一脸笑容。

他手里端着两杯东西，递给我一杯："我想你会喜欢咖啡。"我谢过他，接过杯子啜了一口，又拨了一次那个号码。还是忙音。"没问题，"他说，"我们可以等。"我瞪着他看，开始觉出我这是在有意识地打量他。"如果你愿意，我们可以到我那儿打电话。"他说。

　　"好吧，"我说，"可是，我不妨再试一次。"

　　第一遍铃声后，那边拿起了话筒。"拨错号码了，先生——这是第四次了!"这是一个女人的声音。我听不出是谁的声音。"我之前就跟你说了，拨错号码了! 请你几分钟之内不要再拨了。肯定是出了什么故障。"

　　她挂断了。我都来不及张口说话。我把电话里的遭遇告诉边上的这名男子，他猝然大笑。"干吗不到我那儿去，用不了十分钟。"他说。

　　我们一起挤到门口。经过他那张桌子时，他诡谲地挥手向朋友们道别。"回家。"他轻声说。他那些同伴肯定都读懂了他的唇语。我们钻进一辆外形最拉风的汽车。引擎轰鸣这当儿，他说:"我是塞温奇。你呢?"

35

脚注　这个笔记本已经写满了。我手上都掌握了什么呢？充其量不过是对这个世界的某种看法。是这样吗？

第二部

36

在某种意义上，每一个人都是敌人。我的敌人。我们的敌人。或是某一天将成为我们的敌人。例如，我们的朋友，我们的同盟者。我们必须以怀疑和猜测砌筑生活的基础；亦须以此作为日常的面包和水。即便如此，我们还是相信这世界上有那么四五个人不会辜负我们的期望。那几个人将构成一块试金石，检验每一个怀疑和猜测；构成一块砂轮磨石，磨砺我们每一份力量和行动；构成一块拱顶石，支撑我们活下去的希望。他们叫我们开枪，我们就开枪；他们说去死，我们就去死；他们说活着，我们就活着。他们不仅为我们而存在，亦是为着整个世界。我们必须相信这一点，并将我们的信念寄托于此。

反对派一直告诉我们，领导者也是人，他们也会犯错误，也会出乖露丑。但我们的反对派不理解，正是某种使命选择了它的领导者。像反对派那样的人忘记了，或者说从来都不会这样去体会，从来都没有学会尊重、相信和信任。将他们称为人，本身就证明了语言的缺陷。他们甚至不能算是人！充其量，他们是神的失误之作，是他草率的捏塑。

即便那些指挥我们的人并非没有可咎责之处，并非毫无瑕疵和缺失，可我们依然从他们身上找到了效仿的榜样。

37

我们只能追随我们的领导者，接受他们造成的失误、恶果和创伤——只是我们不能用他们的方式来思考问题（一定不能），当然，我们只是假设他们有这些缺陷，因为要向反对派证明我们并非像他们所指责的那样盲目跟从。可是说到底，如果想要实现我们的目标，我们只能遵命而行。不论领导者如何号令，我们都必须付诸实践，或至少要尝试一番。除了我们的目标，领导者无暇考虑任何别的事情。即使心有旁骛，他们也会轻蔑地摒弃那些琐碎小事。这种超越性姿态是胸怀博大的标识：人的处世行事越是具有超越性，其人格就越显高尚。可是，难道说这就是一种绝对可靠的衡量标准，高尚就是这种姿态的极限状态？难道说崇高的品格就在于比别人更懂得在可能与不可能之间画出一条微妙的界线？

人们已经忘记了崇高，忘记了崇高品格与芸芸众生之间的沟壑。许多人在我面前——在我们面前——这样表示：我们处于一个令人困惑的侏儒世界。所有那些关于平等的胡说八道以及诸如此类的理念造成了这种状况。如果说平等因怀疑和猜忌而不确定，那怎么会有平等呢？唯一可能的平等，就是有朝一日建立在责任、忠诚以及我们崇高的梦想之中。建立在统率我们的"他"的爱戴之中。

　　我的父亲有过许多过失，也有过许多自相矛盾的行为。但我从来不会忘记他对强权的尊重。如今还有人理解这种尊重的意义吗？

38

如果要我说实话，我可以在想象中被迫改变自己的想法，但不希望我的对手接近我的思路。

我想，任何历史都是一种凝固物，在你截取其横断面时，可以看到它是由一系列恒定的成分所构成（最多，只能对它做出新的诠释；为了解释这个说法，我们也许要从其他角度去考察）；也许它是一份纯粹的甜点，精选既有材料所组成——不管是我们喜欢或是不喜欢的材料——排排坐地放到一起。把这种建构视若现实并加诸我们当下的想法（趋向于付诸现实行动），并非不可能，也并非不合规矩。可是不行，我们就是不能从他们的头脑中去获取。更确切地说，他们不想理解此中的要义。他们坚持推销自己所建构的……倒不是因为他们那一套透明清晰。他们那是一锅乱炖，完全就是折中调和。那些用于建构的材料，有些还尚待发现，或者更确切地说，我不知道任何关于它们的历史记载。我当然不会对历史记载过什么或没记载过什么而喋喋不休——尤其不会在这儿说。但是我们的对手提出的证据却是确凿无疑！这是关键所在，也是唯一的要点，这就可以看出我们的思想优于他们之处——这是一种显而易见的优势：可以证实，我们声称的每一种材料，即便是出于建构的臆想，在以往的历程中，已经通过适当的步骤成为现实。

　　但另一方面，对于历史已经做出明确宣告的那些大事件，难道我们不会特别倾向于将之归入大量的荒诞之梦？这梦开启了如此情形：如果是（或不是）这样（或那样）会怎样？

39

　　从现在开始，我称呼他 N。他的名字无论是纳尔、奈特，还是纳伊都没关系。他的名字和我的名字是联系在一起的，我们童年时曾在同一所学校的操场上玩乐，我们坐同一张课桌，我们一直小心翼翼维持着相安无事的状态，上课时不作声地读同一本探险小说，也不互相干扰。我们的名字，他的名字，是把我们和周围人群区分开来的主要方式。如今，我叫他 N。我知道他根本不算什么，但即便他不像我们那样思考问题，他也并不想把我们之中的哪一个套上绞索；再说，我知道他对掌握绞架套索不感兴趣。我也完全明白他的观点与我们相左，他说话时毫无激情的语气和平静冷淡的模样，可能比任何其他人的训诫更令人生畏。我知道他那沙哑的嗓子，那嗫嚅的言说，是很有说服力的；我听他说得够多了，足以让我了解他。他并不煽情，他能让你心悦诚服。就算他的话很快被人忘记，但他说话的余音仍在听者心中萦绕。

　　我觉得他很满意我对他的看法，就像他对我的看法一样：我是不可忽视的人物，他明白这一点。我们之间的交谈简化到只是嘴里蹦出单音节的词儿，他对此至少是感到不快；我敢说，他也对我仍然使用自己的名字感到不快。他没法与我保持联系，但我估计他至少读过我的著作。而我呢，不仅读过有关他的文章，我还在最意想不到的场合监视过他。那些被指派监视他的人（互相之间并不认识），都在我的直接指挥之下，我就是他们转达信息的所在，是把他们的报告送达楼上的那个人，也就是说，还有一个在我之上的权威人物。

40

　　他并不知道，我今天在"知识宫"看见他了，看见他拖着疲惫的脚步晕头转向地在那些洞穴似的隔间里走来走去，脸上悲戚的样子几乎就像是一个迷路的孩子。

　　他绝不可能知道我的办公室就设在机关重重的"中心控制室"，这儿的灯光是由顶上的反射镜提供的，其科技含量足以在建筑编年史上占有一席之地，我将之命名为"光垛"。这座赫然耸立的建筑物，多年来并未完工，以致它的存在几乎被人遗忘，那些中心控制室就隐藏在一排排外部办公室与内部办公室之间的地儿，所有的房间都有视窗。

　　我看见他走近电视监视器。我们对那些不期而至的到访者施以各种作弄手段。那些活动楼梯，是按防火要求设计的，它们确实完美地体现了我们的意图。很有可能，他永远都不会知道，他能活着走出去是因为我认出他了。如果他发现自己来到"太阳运动"规划中心，置身于其中的核心部位，他脸上会是什么样的表情？想来他那副样子会让我大笑不已。

　　显然，他并未预先计划要来这儿。我相当肯定，他并不想要一次更漫长的野外郊游，一路把自己带到这么远的地方来。根据报告，最后一次见到他时，他正走在他朋友曾经居住过的那条街上。他可能无从想象，今天刚见过的那人是戴着模拟他朋友的塑胶面具的陌生人。他不可能知道，自己那位朋友正是我们之中的一名特工，由于不愿再与我们合作，几周前就被送进了那座射击场。我还知道他离开这儿之后又去了什么地方。他很有可能路过了那座射击场。在我们成功地让他走上那条路线的过程中，我认为他自己的意志没有起到任何作用。

41

　　战争期间，我们两个家庭同样经受过贫困的折磨，这很容易从他的言谈中听出来。难道他比我对此更不在意，还是贫困给我带来的折磨更多？我不知道他父母在家里是怎么说起那些事儿，他们是怎么告诉他的。

　　多年之后，在班级同学聚会上，我们的交谈纠正了我孩童时期的一些想法，并澄清了我从前不理解的一些事情。

　　每一篇文稿，每一种生活，都有一个结束阶段、结束区域以及结束点。但是 N 似乎生活在一种连续的放弃状态中。他的思想，他的写作，他的行为举止，本身并非有违碍之处，但是其中的特性却隐藏在表象之下，就是我所说的放弃，伴随着缄默、羞涩和隐匿，这就比其他任何东西更具危险性。他与一切都格格不入，甚至生活本身；相偕而来的是他那种局外人的洞察力和分离性，还有谦恭的态度——我认为这么说并无抵牾之处——他具有某种近乎越情违俗的大胆无畏。我后来明白了，他所谓屈从于命运的说法与其说是出于谦逊，倒不如说另有原因。即便他生活在贫困之中，经历了多年的困窘，至今依然故我，但他对一切事物却都安之若素，因为他没有期待也没有欲望。但是他仍然会为抽象的思想而激动不已，即便只是极为罕见的一闪之念……

　　我们的行动有时会惹起他的愤怒——报告中是这么写的。但他从未试图采取什么行动以纾解怨愤，也没有跟任何人坐下来详细讨论我们的所作所为。自从我开始跟踪知识界人士以来，我的任何监视活动都尚未在他身上挖掘出任何真正有价值的东西。

42

　　仅仅追踪那些知识界人士好像并不足以使我满足，我试图变成一个更本质化的自我，他们连做梦都讨厌见到的"我"，更不用说作为镜像的那个"我"。这个"更本质化的自我"的说法有误；我得自己更正一下。我应该说是"他们更本质化的自我"。"更本质化"这一部分没错，难道我们不是在从事去除"我"的工作吗？

　　在我的词典中，一个男人认输了，臣服了，被压抑了，他就不再是一个男人。他只是个次等人。如若不是仰赖于这种方向感、力量感，以及被自己的坚定所引导，如若不是被"太阳运动"的领导者所吸引而持有信念，我就不可能得到今天的位置。

　　当我还是个孩子时，人们就称我"输不起的人"。我告诉自己，就让他们这样去说吧，我也许会被击倒，会被拖垮，但我永远不会接受自己被打败。我总是从更强者那儿汲取克敌制胜的力量。N只是谋求速战速决，无论胜负。他甚至希望自己尽快被打败。他从小就对博弈不感兴趣。"我们来下盘棋吧。"我们年龄稍长时，有一次我向他叫板，"你可要当心，我会打败你的。"

　　我永远不会忘记他的回答。"既然是一盘棋局，你要么赢，要么输，"他说，"没有什么大不了的。"

　　我被吓住了。我坚持把这盘棋下完只是看在旧日的分上。但我不再认为他是一个次等人了，因为他让我想起我的父亲。此外，我知道他这种态度并非是接受失败，而是不想为失败劳神费心，或者，当你认真审视这件事的时候，就会发现他不是真心想玩这个游戏。不过对局确是一桩较真的事儿。我要迫使他抛开一切投入这场博弈；我要看他如何使出我父亲没有使出的狠招。然而，如果他仍然不在乎，我也就随他去了。不仅如此，我会向他提供超乎他梦想的荣华富贵，我可以承诺，因为我们的权势必将延及今后几代人。可是，如果他屈从服软的话……

43

脚注　谁是那个无法下定决心的人，是作者，还是人物？在这个笔记本中，是只有一个人物在用第一人称叙述，还是起码有两个人物？在利用人数不确定的言说者这方面，抑或，在诉诸某种传统的表达方式，以及利用人物前后矛盾的不一致性这方面，我可以发挥到何种程度？我必须迷惑读者；他必须被迷惑并感到害怕。我越来越有这样一种感觉，我的手可以把握整个世界。这种感觉就是，我的掌心里控制着截然不同的"我"之品性……

44

如果他接受了败局，我就要让他负责，为了父亲的形象在我心中的倒掉，为了他本人在我眼前的毁灭。然后我会自杀。可是在这之前，我要对他加重惩罚，我施与他的惩罚，比对待所有的懦弱者都要严酷。直到最终那一刻，搞得他灵魂出窍，甚至都剩不下多少残骸能扔进坟墓。为了达到这一目的，我将使用不同的招数（我这么说并不准确：不是"不同"，而是"花样百出"），就是我和我的专家们所了解的和发明出来的那些……我自己则始终不必露面。就在他临死之前，当我看着他的眼睛（就像知道自己大限将至，无法熬过已经适应的痛苦的所有那些人一样）放弃这个世界（我相信他与其他人并无不同），这时我会出现在他面前。那双空漠的眼睛里会不会闪现出一丝生气？

我将单独向他坦露自己的身份。这已经不重要了，因为过后我也将很快死去。我仅向他一个人坦露，因为永不暴露的秘密绝无乐趣可言。

我指挥着首都城市研究中心，这是众所周知的事情。可是几乎没有人知道这个中心分为两个独立运作的机构。我的部下并不了解的是，这个令人敬畏的首都城市研究中心，对他们一无所知。

至于那些在林间草地上为死亡做准备的人，他们纵情于精熟和玄妙的枪法，却是命定被抛弃的人，他们不知道，他们大部分人，几乎是全部，已经被判处死刑了。他们每一个人只知道自己必须遵守命令，射杀场地对面某个被指定的人。

45

那些枪手队伍互相杀戮，不断造成毁灭和死亡——而且这种假象必须一如既往地维持下去——这给按部就班的委员会带来不小的震动，因为代价太高，当然，也因为所有那些出类拔萃的枪手都要被屠戮殆尽。让这样一个项目得以通过确实不是一桩容易的事情。然而，在我们开始启动研究中心更大的项目之前，我要看看我们的领导人是否会支持我的计划，至少这个计划要求的保密程度相对较低。我得弄明白他是否会兑现自己的承诺，在任何压力下都不泄露是我创立了这个项目。我就是在班里坐在最优秀学生旁边的那个孩子，甚至在紧要关头曾抄袭他的答卷——说实在的，我不以误导他为耻——这并非因为我不想学习或是对知识掌握欠缺，而是因为我要做得比最好的更好。我不能容忍任何人盖过我的风头。现在这个男孩成了这项行动的主导，他就必须把这事情做好，甚至有必要时不妨利用那位领导人。

让这种射击游戏和仪式被人接受殊为不易。没有人能看出它的必要性。说服委员会是一场耗时费力的活动，我告诉他们，一场再造普遍性恐惧的秘密活动，它曾经确保古老神秘秩序的成功，同样亦能以外部影响促进公开的"太阳运动"。从某种意义上说，可能最终会让他们清醒过来的却是流言的力量。
多么白痴！他们那帮家伙。

46

脚注　要在研究中心里窝藏另一个机构，又不至于泄露一点口风，可不是容易的事情。

让"太阳运动"多少保持着"公开性"，也许看起来有些道理。

"知识宫"被设计成写字楼格局。用它来进行隐蔽活动反倒更加困难。

可是另一方面，就这一点而言，任何事情都跟这有关系吗？我早就把"可信性"远远地撇在一边了；过于关注这些细节可能会限制作者。

47

给人们一些小小的神秘感和少许的诗意；激起他们已长久忘却或埋入内心的各种情绪、感受力以及多愁善感；唤起他们自以为早已抛弃的童年时期的恐惧、悲伤和胆怯。再让他们去做你自己会做的任何事情。然后，要掩盖显而易见的漏洞，对形形色色的秘密阴谋和诡计矢口否认，就轻而易举了。如果有人觉察到了真相并企图大胆公开，我们就可以称之为造谣、中伤和毁谤。像他们这样的背后诽谤者当然必须绳之以法！甚至处以死刑！尽管所有那些可怜的家伙所做的事情，不过是在刺探或揣测他们本不该去刺探或揣测的信息。仅此而已。

中枢系统的工作就是按照我们眼中的设想去拟造环境，并且清除周围那些还没准备好要认同我们眼光的人——或者，在将他们清除之前，利用他们劝阻其他那些执意用自己的眼睛看事物的人。当然，那样的眼光和视野与"太阳运动"指导团队维护的幻象毫无瓜葛，但这也决不能被任何人知道。

秘密活动，或曰暗中干预，是能够将人们联系在一起的最古老也是最原始的纽带之一。鉴于天赋权利意识进入了当代世界，我们知道强加的外力不足以服人。人们的心灵和意志也必须被征服。我们还知道秘密活动并非坑蒙拐骗——秘密活动之中的秘密，自有级别、形式和项目之分。有些事情必须被掩盖起来，前提是某人已经知道了这个秘密。在这一点上，我就是那个"某人"。如果有人企图对我隐瞒什么，那会怎么样？我确信自己能查得出来吗？我只是不能想象自己竟然没有听到任何风声。

48

"我从未想到他会进来。可他真的进来了。我们在这个地方是受限制的，所以我蹲伏在两辆汽车之间等候。他没有出来。我让另一个家伙接着监视他。他在这儿肯定有朋友。看样子他会在里面消磨一个晚上。"

我不需要任何人记录这样的废话。如果不是牵涉到一位更重要的人物，他就该发现自己身处射击场了。考虑到他的天赋，盯死 N 对他来说正是恰如其分的工作。我不可能委托他监视比这更危险的人物。

"他在这儿肯定有朋友"，居然言之凿凿！可笑！这笨蛋密探不可能得知，N 跟那里面的人从未有过任何关系，那里面年纪最大的，至少也比他年轻二十岁。他这一进一出也许只是出于一闪念，这就把我们的笨蛋弄迷糊了，其实他最好还是到 N 家门口去蹲守。

他没有拨打我们给他的号码。就是那个听上去好像是电话号码的号码。奇怪。也许不是这么回事。他只要在这上面花点心思，就会发现那个号码不同寻常……它只对我们两个有意义。鉴于他没打来电话，是不是他已经意识到了那根本不是电话号码？真要是这样，他必定意识到这是个什么号码。那么，我又怎么来理解他当时未能采取行动呢?

　　时常出现在那儿的年轻人跟我们没有关系,有关系的是他们的家族。那些家族相信他们的金钱控制着这个世界,以为我们只是靠几根肉骨头养活的杂种狗,他们岂能料到,现在要轮到他们变成狗杂种了。不过,对那些年轻人来说,我们已经变得如此熟悉,以至于他们对我们毫无察觉,就像舞台装置,当他们决定展开场景时,很容易把它朝两边拉开去。在让他们明白自己的失误之前,我们还得再等一阵子。"太阳运动"不是他们父辈的;它属于我们。

　　奇怪,不是吗? 人们总是倾向于相信自己的父辈、家族、亲戚和朋友,以为自己对他们的抗争不过是一些不伤脾胃的小冲突。

49

"五只蟑螂变成了一百只，一千只，然后是一万只之多。起初，它们偷偷聚居于碗橱顶部，抽屉里的衬纸下面，在抽屉角落里，管道配件周围；接着，它们就向报纸进军，侵入旧报纸、旧书刊。再往后，它们干脆就在面包箱、烤饼锅、冰箱和人们的衣服口袋里爬进爬出了。蟑螂们从枕头和床单底下摇摇晃晃地钻出来，它们好像就等着这一天，让那些杀虫剂制造商一夜之间大发横财。那些杂货铺、市场、批发商店或是工厂仓库里，连一瓶蟑螂喷杀剂都没剩下。那些虫子像军队似的蜂拥而出，从城市的每一扇门、每一只箱匣、每一幢房子、每一个货栈奔蹿而出，潜入餐具，潜入水中，在每一处可利用的地点产下虫卵，然后在人们身边飞快爬蹿，对那些无助地挥手扑打它们的人毫不在意。在杀虫剂喷雾的打击之下，数不清的虫子横尸街头，但这也不能让它们停止不前，倒是杀虫剂的气味弥漫全城的大街小巷，搞得大家不住地咳嗽，不停地流泪，一个个上气不接下气，还丧失了生育能力。可是，即便这世上所有的老百姓都有了杀虫剂，局势亦已不可收拾。人们受到那些化合物质的毒害，而蟑螂的数量已经实在太多，以至完全无法根除。也许在某些地方还有一些人没有费心使用杀虫剂，但他们即便以后清醒过来，也不会再有任何可以求助的对象了。"

　　他觉得这篇文章不应该署他自己的名字，于是就用笔名发表了，但别人还是能很清楚地看出这是谁写的。

50

出于某种原因，人们对自身价值的看法通常会有很奇特的表现。他们装作谦逊的样子，可是听到一丁点非议都会心生不悦，或者，他们认为自己创作的某些作品配不上他们自身的形象。他们对批评者心怀怨怼，他们在自己的文章里署以化名。有些人既没有对自己感到满意的坦诚，又没有良好的心态去表露自己的所作所为，这种人是低劣中的低劣。我不得不说 N 也是这样的人。我是这样说的，可是……当蟑螂一文发表时，没有人觉得自己受到了冒犯或是想要责备他。他用了笔名，不是因为他胆怯害羞，而是他不想把自己的真名署在一篇他认为不重要的文章里。在某种意义上，他是那种伪君子。用虫子或动物飞快繁衍的寓言向人们讲述未来将要发生的事，这是一种古老的把戏。我们的这位绅士是个老于世故的人，他对这套把戏嗤之以鼻，认为是酸腐之作。我们一开始就应该被这个故事触怒吗？我对此思索了好长一段时间。每一次我想到这个问题，都会得出同样的结论：是的，我们应该拍案而起。他那种平静的力量，我称之为放弃的力量，无论发生什么事情，他都是一副处变不惊的样子——这必然是基于这样的看法，即世间的一切，从他自己开始，完全可以在想象中不存在——他这样做比挺身而出更危险，比拳打脚踢、高声呐喊地反对我们更危险。
我对此人太过奖了？他对愤怒免疫，或是说愤怒在他身上只是
一闪而过，就像昙花一现，这让人很不安……一个人须有愤怒
和杀伐决断的能力。一个人须有一种现成的榜样，坚定不移的
榜样，不可替换的榜样，以激励自己。他回首人生之际，如果
找不到这样的榜样，或是没有树立榜样，他该怎么活下去呢？

51

"榜样是我们出于这样或那样的动机按照自己的意向虚构的——有时这个动机背后还潜伏着另一个动机——是从我们称之为'过去'的永不枯竭的记忆海洋中提取出来的。我们先让自己对这个虚拟人物的真实性深信不疑，然后再试图让别人信服……"

我们当中谁写的这段文字？都没写。但是，当然了，我们两人中总有一个肯定在以不同的方式继续着。三天前，我让写下这一定义的这个人挨了一顿揍。也就在他家门前。现在他肯定知道，这是因为我们要使事物的进展符合样板模式，正如我们所称，这是非常郑重其事的。我想他不会再写这类东西了，如果他还是这么写，也没有报纸或杂志会给他刊登，那可是要冒着被付之一炬的风险。

我得承认，我们的方式确实存在问题。我们树立了虚假的英雄和先进人物，以此与我们自己的英雄和先进人物相对应，犹如镜中的映像，但效果完全相反。作为榜样的替代物，我们创建的相反的形象盯着我们。哪一种镜子能照出我们自身？我们似乎成了一支不断行进在游乐场哈哈镜前的队伍。

我们创建了某种榜样并说服自己和他人相信其真实性之

后，他们怎么能够指责我们根据标准（我们并未据此锻造自己）来塑造生活呢？我们并没有试图照搬父辈和历史的经验；我们的选择就是必由之路，人们迫于强权只能听命行事。但他们假装不明白这一点。为什么？我们崇敬的前辈在过去做出的业绩，不仅激励着人们竞相效尤，还促使我们鼓起勇气。没有榜样的行动真是怯懦啊。

52

　　我每个晚上都要花几分钟时间在这个笔记本上涂抹一页，现在这个本子成了让我操心的事儿。已经有人无意间看过它了吧。我倒是想看看他在读这个笔记本！让我们来设想一下，我把它搁在家里，遗落在车上，扔在这儿或是办公桌后面。我并未感到不安，因为每个人都知道一旦看过这笔记本，就该有怎样的命运落到自己头上。我的名字就写在封面上。再说，不管是谁发现并归还这个本子，他都应该知道有人会向我汇报，而他很可能就被会送到射击场去。即便如此，我也不会动摇这样的感觉：总会有人要偷偷瞅一眼。难道我就那么确信不会有人在监视我？那个监视我的人，也许直到我死的那一天也无法查获。一个人只能根据自己所能想象的情形采取提防措施。可那些他无法想象的情形又怎么办？我完全明白，我可能会有——实际上，我确实有——局限性。重要的是不断努力扩大你的疆界。人待在自己家里时最为脆弱。我每隔一天就会在这儿过夜，假装我有工作要做，操控那些按钮，摆弄我的电脑，指挥不计其数的手下人。自然而然，我就有了自己的模板，是我为自己创造的。

　　三天了，N一点踪影都没有。有意思。难道他从我眼皮子底下溜走了？也许他出去爽了。可是，他会在谁的床上呢？我怎么没有得到情报？塞维姆声称，从那天她把他带到审讯部之后，就找不到她帮他顺利通过的那个问答游戏的笔录了。她是个聪明女孩。她自行设计了这套游戏，并获得了我的批准。难道在部里发生了什么不对劲的事儿？塞维姆是我唯一可调度的探员，她就像是两个人，彼此处于战争状态。无论这件事情多么棘手，她也都能够搞定。必须首先从审讯部开始，这是明天早上的第一要务。哪怕上天入地也得找到 N 的藏身之处。

53

有好长一段时间了，直到现在，我们双方争论的话题好像只是聚焦于"谎言体系化的生产过程"这一问题。难道，我该说我们的争论就是这回事吗？无论我们之间发生过什么事情，它们在许多年前就被抛在了我们的童年阶段。如今我们都是成熟的人。可是，看他那行为举止和生活方式，可以推断他要么是根本就没有长大成人，要么在某种意义上他也许是在向我叫板。他毫无顾忌地公然保持着某种暧昧的人际关系，而别人会觉得那应该是暗中来往，或至少会觉得有些不自在。他脑子里想到什么，开口就说什么，根本就没掂量过什么话该说，什么话不该说。他甚至不屑拉起思想自由的大旗作为自己的保护伞。更有甚者，我可以用我的性命打赌，他比我更不喜欢承担责难，更不喜欢被人羞辱或是被人批评。我甚至也许可以说，他企图通过公开炫耀他的社会人脉来对我施加压力。不过，不知出于何种原因，我相信他不会伤害我——至少只要他没看到伤害我的必要性就不会（除非他觉得时机已到，可以推翻我的秘密机构，砸碎它，干掉我）。我越是力图创建这样一个世界——每一件事物都隐藏在另一件事物后面——向每一个人证明世界本该如此，他就越是反驳说人们和行为只能承载其本来的真实面目。可是人们更害怕秘密行动和暗中出击。必须让人们感受到恐惧已将他们攫住。

54

应该用严厉、苛刻的道德原则来规束国民;他们必须相信弃绝自己的欲望才是美德,只有在上述道德规束的强制之下,他们才能够识别那些敌对势力,认清滋生于其中的令人厌憎的卑鄙小人,从而进行一场真正的战斗。

净化是必要的。净化是这场运动最重要的目标。而且,除非进行一场大清洗,否则其他工作便难以向前推进。净化必须让每个人信服,无论这场清洗搞得多么彻底,范围有多广,那些邪恶、腐败的敌人都不可能轻易地从我们中间清除出去,而是隐蔽下来伺机而动,趁我们麻痹大意、掉以轻心的时候突然出手。我们之所以必须对他们哪怕最微小的举动保持警惕,原因就在这里。

在 R 俱乐部消磨时光的那些人,他们不应该被俱乐部位于城市郊外,只有常客才熟知此地这两点事实所蒙骗。他们以为自己是了不得的特权阶层,所以 N 贸然闯入时一定觉得自己踏进了一个完全异样的世界。但他们的好日子也快要到头了;他们对此一无所知,这一点不会改变任何事情。也许他在那儿出现,对他而言,对他们而言,都将是毁灭。我可以想到三种或四种可能性,但在每一种情形中,他们和那个地方都难逃一劫。这场运动将采取最果断的、最具决定性的步骤，进而牢牢地控制一切，接踵而至的喧哗会被压制。我们将校准历史，不是他们想象的那种历史，而是根据我们的意志修正的历史，正如我们已经塑造的那样。只是清洗不会结束。

　　也许有一天，净化会伤到我们自己，即便如此，清理工作组在面对我为他们准备的清理时，也会有足够的时间显出他们瞠目结舌的模样。差不多足够的时间！

第三部

55

　　我知道这不明智，但我还是禁不住时不时地想，在我还是个小姑娘那会儿，如果我没有那么唐突地取笑他的话，今天我就不会来到这儿，卷入这迷雾重重的事情里了。那时你们两个不仅仅是密友吧？到现在我还是不能确定。当时，我太幼稚，不懂得某些事情会让你卷入这种关系；在朋友之间，我们对自己并不真正了解的事情说个没完，这就是那类话题之一。我当时觉得他很有魅力，所以那天我对他说了那些话，只是为了揶揄他那种满不在乎的自负样儿。他的反应比我想象的或本该想到的要粗暴。不久以后，我成了他的妻子。再后来，虽然他是我合法的丈夫，可是他完全就是在蹂躏我。两三年之后我们就散伙了，不过事实上只是不睡在一起而已。另一方面，我们还是在一起工作。因为我是他的助手，我们每天都见面，有时要在一起待上好几个小时。他的妻子，就是他在我之后再婚的妻子，在许多年后才学会了接受这个局面，不再抱有妒忌之心。如今，作为一个尚处盛年的女人，如果我说我才是他真正的妻子，这话不算离谱。多年前我说过的那些让他愤怒至极的话，和你也有关系，就像跟他有关系一样。我不知道你是否了解这一点。可你从未走进我的生活，亦未明白我的心思；我出场时你早已抽身而去——我是说，假设你真是其中的一个角色。但你的身影——我必须这么说，因为我找不出其他更合适的词儿——从未离开我们的生活。

56

　　这一次，我的任务比以往艰难得多。很久以来，我一直试图克制自己，不能让工作或个人情感问题给自己增加压力。自从我知道别人（那些熟悉的或是不熟悉的人）也都遭受过我一再经历的伤害、困扰和欣悦，我一直试图在理智上，在情感上，甚至在最大的悲痛中钝化自己。差不多从我离婚那时候开始，我就产生了这样的想法，距今已经有十七八年了。某种程度上，所有这些絮絮叨叨都毫无意义；它们顶多只是让你知道了一些我的事情，这就是我把这些都写下来的原因。是的，如我刚才所言，这桩任务比以往艰难得多。我肯定任何人都会这么想。进而言之，无论成功或失败——就是说，如果我决定遵命行事——这都将是我最后的一桩任务，也只能是最后一桩。我必须要么去死，要么逃离，要么换成另一个人的身份。我将不得不变成完全不同的另一个人，这样相比之下逃离会更轻松，但如此看来，死亡似乎才是最轻松的做法。即便我被迫去自杀……

　　如果说我全力以赴地努力学习写作，那是通过研究你们二位有所习得。这是真的，虽说我显然不是你们任何一位值得夸耀的学生。即便如此，我也在坚持写作。不过，这毕竟不是真正的写作。所以，别对我要求太严。把这些文件送到你手中对我来说并不麻烦。麻烦的是，我不能准确估算什么时候读到这些东西对你最有用。几天之内，无论命运将给我带来什么，我都不会再是我自己了。但是，我会继续为你写作，直到那一天到来。至于怎样把它们递送出去……我会斟酌再三。

57

我有意向你透露属于最高机密的内容（它就和我们目前所能想象的任何事一样机密），这样做必将把我置于险境。事实上，它对谁来说，又是符合谁的立场才算是机密，这些我都无法告诉你。就公开身份而言，我是一个文职公务员。我的上司看上去也是一个文职公务员。可是他做的工作，以及他让我做的工作，完全脱离了政府部门的正式渠道。"机密。"没错，是符合我们的立场。然而，我们又是什么人？即便如此，在这里我要说的是：由一个人设计出来的体系，如果它的建立有赖于对两个人构想并落实的项目加以保密，并要求这两个人同时噤声，那么，我们所面对的这个体系里的人，就是一群透过放大镜看自己的自视甚高之徒。我们对自己抱着扬扬得意的自负看法。人们要发怒可真是太对了！你写的那篇关于蟑螂的文章，既不透露是你的著述，又不是完全让人看不出来，真是太妙了。是啊，我们说服自己，我们都是些大人物，可是我们还须日日夜夜干苦力以夺取那点最微不足道的权力。我们正在付出自己最大的努力。可我遇到了困扰，因为无论如何，这份工作变得太肮脏了。

很长一段时间以来，我们的计划总是面临三个障碍：一是有大批反对我们的人；一是有相当数量的人对我们表示不屑；还有就是有人要利用我们，觉得我们有利用价值，他们的人数还超过我们。我们一直在忍受这样的使唤，只是因为我们相信自己最终能够取得控制权。我仍然坚定地相信这一点。在我们的判断中，我们是正确的；我们向往某种超凡入圣之境，旨在实现那个目标。然而，肮脏是一个客观事实。我们设法努力挖掘那些我们必须挖掘的线索，为的是让杀戮和残害人民这件事变得对我们有利。当然，我们不可能为这种全国范围的施恶规划感到骄傲，这种卑劣行径带有下三烂的宫廷密谋者的印记，难道不是吗？

58

许多人说过，伟大的事业不可能基于眼光狭隘的道德传统。必须再三强调的是，我们要建立的伦理准则必须更具说服力，必须针对各种情况量身定制，而且我们坚信，净化的必要步骤必须免除诸多约束，我们已经到了这样一个拐点，要采取强硬的态度去奋力争取绝对的主导权，甚至在自己人中间也是如此。在利用悬疑、惊惧、恐吓和惊悚来对付别人的同时，我们突然意识到，我们在自己人中间亦不遗余力地使用着这些手段。现在，我们没有人打算改弦易辙，或是放弃自己所得到的一切。但我们之中某些人至少明白，从那个被认为无法折转的拐点往回走，一直都是有可能的，只要我们不从自己站立之处向前看，而是从前方回望我们站立之处就行了。虽然这做起来很难，但并非不可能。是啊，至少我们之中少数几个人还明白这一点；我们还没有忘记。可是我们好像很快就会忘记。

我想解释的问题涉及的东西太多，以至我不知道是否能说清楚。让我们想象一种棋类游戏。黑子必须要赢。站在黑子一方的有红子和黄子，对抗绿的、紫的和白的棋子。以一对一的比率吃掉各色棋子不仅耗时过长，而且不能确保一定会赢。怎样使每个黑子不仅能吃掉两到三个白子，同时还能吃掉与白子结盟的一些红子和黄子呢？

　　我承认，在他的帮助下，面对这道难题，我想出了一个最具独创性的解决办法。不过，你知道，我基本上不能为自己感到骄傲。

59

当然，我确实做过一些能够引以为傲的贡献。有些事情，在你的一篇文章中也提到过，尽管我觉得你并不了解我们的计划。这就是我要说出来的原因。

你知道，在你那篇名为《夜织工》的文章里，一些孩子为游戏分派各种角色，他们说"你扮骗子，你扮警察，你扮间谍"，并告诉他们之中肤色黢黑，几乎完全是黑色的那个——"你扮夜"。我发现这想法真是太孩子气了，可你接下去说的话显得非常做作，简直配不上你的身份："那些用双手拾起长针耐心编织黑夜的成年人，首先一针一针地织出恐惧的线团；烧掉线团的火束，也在他们的行囊中等待登场。"读到这样的句子，我感觉自己的疑心被唤起了。你是想要告诉我们你知道有事会发生吗？不过，我得出的结论是，你不过是略知一二罢了。

当然，恐惧确实是我们想要使用的情感武器，如果你会以科学的方式来使用它。你很清楚，我们对它的使用具有不同形式，但是，就如我之前所说，令我引以为傲的是它从我的"贡献"中采纳的那种形式。我们的主要目标，是让那些承诺全身心投入这场运动的年轻人陷入一种矛盾。一方面，我们要确保让他们觉得，哪怕最极端的行为都不会危及他们的地位，没有什么东西能够真正影响到他们，而另一方面……

60

　　我知道我带你去审讯部那天早上你没有认出我。当然,我不能指望你能追忆起三十年前的同学情谊。我知道我这样说有些武断。但毕竟你是我们格外盯紧的那些人之中的一个,我想从你这里掏出一些东西。根据听到的消息以及获悉的报告,我已经得出自己的结论。你认为过去的事情,无论发生过什么,只要经过记忆的特殊筛选,都会有所留存或被删除。我的表述不是很确切,但因为我在你的记忆中一点都没有产生作用,更别说你能认出我,我知道我的判断没错。能让你感兴趣的言辞或面孔,能让你情感上有所波动的事物,才能让你记住它们。你好像生活在梦境中,轻易就能忘记你自己的言辞,就像忘记其他人的言辞一样。

　　我不指望你能认出我。这就是我为什么自愿去接你的原因。此外,你得明白,这份差事只能由我来做。但我多少还是有些担心。有可能我还驻留在你尚未忘记的事物中,你的记忆也许还链接着我自己都已忘却的某些蛛丝马迹。至少,你从这儿离开的时候,也许会朝我投来匆匆的一瞥,心想我在哪儿见过她。但这一切都没有发生。实话告诉你,我有点儿迷惑了,也有点儿遗憾,你居然不知道你和他友谊的瓦解中,我在其中扮演了什么角色。但我意识到。你可能永远都不会意识到我们，即便你在这场我们为你安排的游戏中扮演了主要角色。

61

另一方面，如我之前说过的，至于那些献身这场运动的年轻人，我们要确保让他们感觉到自己处于敌人包围之中。这似乎很荒谬，但是对于那些懂得内心恐惧作用的人，其实一点都不荒谬。这原因是，如果人们认为自己的越轨不会受阻，他们就会失控。感觉到自己受困，他们终将制造出更多的敌人，而他们情不自禁地会想到这是在保卫自己，抵抗想象中不断增多的敌人。当你从事某项最普通最清白的活动——比如说，为一份完全合法的杂志写文章或是做出版发行工作——如果你突然遭遇敌意的壁垒，即便这是出于你自己的想象，也会诉诸你所需要的狡诈和力量（无论是什么）。恐惧和报复会在你内心翻腾起伏。毕竟这也不坏，我觉得你会同意我的看法。

我知道我一直引而不发，迟迟未说出我想告诉你的事情。我故意延缓叙述节奏。经历了这些年来内心情感的硬化训练——或者就是抛弃了那种情感——我不知道为什么自己还会有现在这样的状态，好像要把所有的一切全都写下给你看还不够似的……

三天之后，你将被送到国外。我们无法尽快通知你，因为我们不知道你现在身处何方。我们知道你听到这事儿会怎么说:"不该是这样,毫无准备啊……"不过我们还是会劝服你。世上没有哪个人不能被劝服。尤其是你。据说你曾经先是抱怨"去他妈的",然后又同意接受那些你不喜欢的事情,只是因为你深受困扰疲惫之苦。我们也知道的!

62

脚注　人们总认为别人对于痛苦与煎熬的反应也跟自己一样——或者，更确切地说，人们甚至觉得除了自己的感觉之外，其他感觉是不存在的。这就是为什么痛苦不能被分享，即便是超越纯粹主观感受的范围也不行。在这一点上，我们证实并维护了自己的多疑、排他性与不可通融的特征，也正是在这一点上，我们对他人表示最大的蔑视。假如有一种仪器可以准确测出我们承受的痛苦完全相同，我们会改变自己的行为和态度吗？可能我们还是宁愿不相信仪器。

脚注的脚注　脚注又一次更改了叙事性质，然而……

63

　　几百年来，尽管我们从未忘记指甲、拳头、体魄和膂力的能量（或是它们的延伸功能），并且在每一个可能的场合使用它们，对它们拐弯抹角地，甚至有时会直截了当地大加赞颂，但我们同样亦以难以置信的伪善谴责它们，竭力要摆脱、压制并消除那种力量。我们告诫人们说，理智与悟性才是唯一的途径，是我们要抵达的最高境界。现在出现的情形，完全就是对指甲、拳头、骨头和肌肉的虚伪的厌弃。如今，我们要拨正那种虚假姿态；我们理直气壮地做出回应，撕下他们脸上那种伪善的面具。指甲、拳头、体魄乃至铁器，加上恐惧的力量，将再次受到尊重。强力所到之处，所有的一切很快都会变得有条不紊。每一个人都会意识到自身的局限，自身的潜能。人们将学会服从那种一体化的力量。

　　但是，所有这一切都与你的观点相左，不是吗？

　　反正，我得长话短说了。今天，我会封上一个纸袋，往里面塞进所有这些文件，准备送交给你。把它交给你是我离开之前最后要做的三件事之一。今天我们终于确认了你的下落。一旦得到指示，你将被要求立即动身，不得延误。带给你旅行证件的官员是我的人，他还会向你说明参加会议的有关事项。这个纸袋也将由他带给你。这位官员离开后（还有一名助理官员在场），我希望你阅读这些文件，而不是浪费时间跟你的同伴聊天。我不知道你是否会惊讶，但我希望这回你可不要向你的同伴透露太多。

以下这些话是我一直想告诉你的：

众所周知，你反对我们。但你作为三位国家代表之一出席会议，这件事在国内外都会产生深远的影响。如果你拒绝参加会议，你的五个朋友——除了跟你在思想感情方面有牵连，他们在其他方面完全无辜——将以官方借口被揪出来，在暗地里迫于压力"把你给供出来"。此后整个事情将卷入法律诉讼，并透露给媒体，当然会以非常不同的方式。此事我们将会负责到底，直至你屈从官方的规矩。这样就太糟糕了，无论是对你的朋友还是对他们的家人，以及所有那些"追随者"。如果你去参加会议，我肯定，出于自尊，你不会在会议结束之前"偷偷溜走"。即便不是为了我们，而是为了像你这样的知识分子的立场，你也会坚持参加会议的。

当然，也许我会弄错。但如果你想在这次会议上开溜，只需想一想，我们一定不会对此袖手旁观。

会议结束的那天夜里，你也许蠢蠢欲动地盘算着不跟其他代表一起回国，在国外多逗留一段时间。另外两名代表回自己房间去收拾行李，准备打道回府，只留下你一个人。如果你心存幻想，以为自己想干什么就能干什么，那我也不奇怪。

　　我们知道你很喜欢在黄昏后散步。你也许会冒险去一些地方，在那个外国首都，有你熟悉的咖啡馆和商店。但你外出不久，就会遭到指派跟踪你的特工枪击。那一枪不会让你送命，但足以让你伤得非常严重——至少我们是这么嘱咐那名枪手的，那是一名神枪手。在你住院期间，我们就会散布谣言，说那名枪手是我们的敌人，他被你参加会议的行为激怒了，因为参会的一位代表宣称是我们的支持者，而另一位代表利用一切机会声明不反对我们。我已经为这名枪手安排好了交易条件。当然，你懂的，交易自然是暗中进行的。你从医院出来后，可以做你想做的任何事情。我们真心希望你别挂掉。

　　敌人邪恶的谋杀活动必然引起公众强烈抗议，声讨我们的"敌人"，我们最终将从中获得巨大利益。之前我们只有通过镇压才可能实现的目标，这次会突然化作胜利的果实落入我们怀中。你可以轻易地猜出这事情的因果关系。这次行动有意思的是，我们是在官方事务的掩护下推动我们自己的议程，没有人会知道内情。

　　自然，所有这一切都可能有变数，也许就在你阅读我为你写的这些文字的那一刻发生变化。我相信有此可能。我的特工应该不会拆开这个纸袋。不过，将这种可能性考虑在内亦不失为一个好主意。无论如何，无论他拆开或没有拆开，我现在做的事情已经让自己超越了这一计划范围。别去费心猜想我为什么要把这一切都告诉你。也许我已经把我的理由成功表达清楚了，尽管此时我不能准确评估自己成功了多少。如果那位官员读了这份材料，你对此丝毫不会有所觉察。也许我能听到你有何遭遇的消息，我打算就藏身于此。谁知道他们还为你和其他人准备了哪些见不得人的手段？我希望你当机立断，立即打开这个纸袋，而不是被那些言之凿凿的指示公文所愚弄："……/……/……在……几点钟。"我还能再要求什么呢？就这些了。

第四部

64

　　巧遇是很奇怪的事情。尤其当你肯定这是真正的巧遇时。像你这样的作家"相信事实，对所有非理性行为全都不予采信"——这种秉性一定程度上来自他们的教育，就和大部分的（即便不是全部的）知识分子一样。然而，他们却令人费解地着迷于非理性和缺乏事实依据的东西。他们坦然地炫示自以为感受到的魅力，好像在向这个世界叫板。他们得意扬扬的样子，近乎人们沉浸于自由的幻觉——不可遏制地朝向禁区冒进。这样看来，作家比孩子们还容易上当受骗，轻易就被那种换了别人肯定不会中招的事情所吸引。譬如，我们这回的巧遇就是一个例子。

　　有件事情非常奇怪，却是真的，我非常喜欢你。我一直对你怀有深厚的敬意。当我阅读你的作品时，我总是肃然起敬，因为你公然说出我永远不会向别人冒昧吐露的言论；你等于是代表我在说话，捍卫我的生存权利，尽管你并不知道我。我可能永远都不敢想象着有一天能够迎着你说，"一起到我那儿去吧。"我一直有心要委身于你。即使你是我未曾听说过的人，我还是会当即投入你的怀抱，表示要带你回家。真奇怪这项使命落到了我的头上。

最初的十分钟之后，你开始热络地跟我寒暄起来。我知道你不习惯用这种亲昵的口气跟人交谈。我留意过你档案中的有关记录。即便是这种极为友好的私下场合，我也依然用"您"作为第二人称和你说话——尽管在我这一代人中间，大家都习惯于用亲昵随意的口气说话，一本正经地使用"您"这种尊称只会出现在下级对上级刻板的关系中。在某种程度上，我们双方都超越和摆脱了各自的言语习惯。

我们走到一起并非出于巧合，这太糟了。即使我还年轻，我也觉得自己已是相当稳重，不至于说出不理智的话。随后我便失去了理智，说出的言语也有些唐突了。

我一直想象着跟你见面，现在我来了，比我能够想象的还要亲近。可是，我终究还是后悔了，因为这场相遇是预先安排的，不是巧遇。

很难相信，不是吗？

65

脚注　既然我已被一分为四，那么我还能指望在何种程度上实现自己的符号能指作用呢？或者更确切说……可是没法说。不知道怎么说就失去意义了。

66

但并非所有的一切都不能相信。最近，我差点被指派给你下套，诱使你说出你肯定不想透露的某些事情。我本打算回过头把一切都告诉你，然后开枪自杀——也有可能是先杀了你，然后自杀。或者是，我让自己相信这是我要做的事情。他们最终放弃了这个计划。我现在的任务只是向你通报这些信息。根据其中一个封套上的指示，你应在七天之内打开它，而那个大的纸袋则应立即启封，阅读里面的内容。我恳求你，现在就把它们都打开看看吧。

今天早上你无意中听到打给我的那个很长的电话，之后我对你说，"我得去杂货店了。"这当然不是真的。我是去这街上隔壁第二个门里取这些信件。

67

　　事情发生在白昼与黑夜搅成一团之前。我受命去见你，要交给你两封信。你走在一条荒凉的小路上。如果我走得快一些，本来可以赶上你。那时，白昼与黑夜还不曾搅成一团。我作为送信人，不想在那种乡下地方鬼鬼祟祟地靠近你。我豁出去了，驾车从"知识宫"后面那条小路绕到 R 俱乐部。你很可能不会在那儿出现。但稍后我总能找到你。我就是从你身边经过，大声说出电话号码，然后消失不见的那个人。在那个节骨眼上，我不得不扮成你的朋友。因为觉得有些尴尬，我在车里摘了面具。当我在俱乐部里打电话汇报时，上级命令我立即烧掉那些信。在众目睽睽之下，我将其付之一炬，我告诉他们那都是情书。这个谎言掩盖了我的慌乱。当你到达时，我刚好完成了任务。你走向电话隔间。我还是不明白电话里你怎么会得到那样的回复。我朝你那边走过去。我的白昼与黑夜还没有成为你的日日夜夜。

68

　　你没有说起那些信封里的内容是什么。因为你并未掩饰读信之后的反应，我知道那里面准是让你感到非常震惊的消息。我不想问，我也不想知道。拜托，别误会我的意思。既然我已经把它们带给了你，我作为信使的任务就算完事了。如果有什么事情是我可以做的，或是有任何我能预先设防的事况，请你告诉我，求你了。我不知道你会遇上什么情况，可是我一走出这扇门就有可能被枪杀。谁知道呢？也许，我们在这儿一起度过的这些日子，正是某些人的谋划和算计的一部分。我真的不知道更多内情了。当黑夜与白昼混沌难辨之际，你与另一个人合为一体，不可信者与可信者互相融合在一起。

　　"至少，我们似乎不会被枪杀，塞温奇。我们似乎能在一起多待一些时间。"

69

脚注　事情正在失去控制。变得好起来，或者变得更坏，这说不准。可是我会把自己变成谁？我打定主意了吗？

70

　　我表达情感的方式，确切说是表达情感的幅度，或者谁知道呢，也许两者皆有，显然让你吃惊了。可是我们第一次见面时，你似乎一点都不吃惊。我就像是一个反复进行课业训练的孩子，被搞得厌烦透顶，将自己的任务扔到了脑后，竭力抑制着那股兴奋劲儿。你看上去好像是也很想见到我。除非你听到过塞温奇这个名字，否则你不可能把我的出现与你之前也许已被告知的任何事情联系在一起。

　　你看着我，眼里闪过一道亮光。我得为此而感谢你。

　　你瞧，我很抱歉，我把我们走到一起归结于另外某些人的阴谋诡计，我一直试图让自己相信你是在等着我，你一直在寻找我，尽管你并不认识我。我知道，你也许会因为我缺乏克制而感到尴尬。我想象着你会在我身上挑出毛病，只是因为你的举止不像我曾预想的那样，我就试着来撩拨你。我满嘴胡言乱语，因为我想说服自己，我能游入这黑暗之中，挣扎着在水上漂浮开去。

　　我知道我们不会在这儿逗留太久。我们将要离去。你很快就要走了。虽然你需要几个小时或是几天才能拿定主意，你还是要……我们还是要……离开。白昼与黑夜将再度分离，它们在清晰可辨的界限内互相追逐。当黑夜降临时，洞穴最先暗下来；它们是最先收纳光亮的地方。可是我喜欢光明，我过去常常喜欢光明。曾经喜欢。现在，我要黑夜来拥抱我。我必须成为洞穴，留在洞穴里。也许有人正在挖掘我的坟墓。可是被扔进黑暗中就意味着永远不能再见到光明。这就是我后悔的原因。从今以后我将保持沉默。我照你说的去做，无论你做出什么决定我都会执行。让我悲哀的是，我也许永远永远都不能再见到你了……我将不能再开口说话。

"我今晚离开，塞温奇。我们走吧。你来给我送行。可是我想我们会再次见面的。我不敢说我们一定会再次见面这种话。"

71

　　有这样一些人，面对磨难与痛苦，谋杀与屠杀，在报纸上读到或是在谈话中听到死亡与残杀的消息，他们不会畏惧，心里也不会打战，虽然他们意识到自己应该感到悲恸。这些人至少还会担心自己缺乏情感。可是还有一些人，他们不仅从来不为这种事情伤感动容，甚至根本就不会意识到有什么事情能让自己付诸情感。这些人不仅自己毫不担心，也不理解人类为什么都应该有情感。他们并非没心没肺；只是他们的心智无法超越所困扰自己的受难图景，无法超越他们所亲历和亲眼见到的痛苦。事情就是这样。同样是这些人，他们面对一幅哭泣的孩子的照片就感伤不已，看了一部矫揉造作的电影或戏剧，或是读了一个感伤的故事，就会变得情绪激动，心神不宁，泪流满面。他们的心智只能被某些切身的经历所触动和唤醒。

　　有些人，每次与一个人在床上度过好长时间后，还是不能回答这样的问题：我们什么时候能再相聚？他们会挪开目光，或是寻找借口……他们其实是喜欢自己的情侣的；甚至想着也许能够跟对方一直过下去——如果他们想尝试这么做的话。但是在做决定的那一瞬间，他们就是无法摆脱心理上那一阵不适和羞怯。他们真正的麻烦和失败，也许还是在于心智的枯竭和想象力受到遏制。他们就像是畜生，一旦狼吞虎咽地把食物囫囵吞下肚子，就不可能想象曾经有过的饥饿。他们完全不能好好地品尝任何东西，或是体会其妙处。你会认为他们没有成长到感知层面，因为他们似乎不知道他们真正想要的是什么，也不能料想几小时或几天之后将会发生的事情。

　　这是一种对人生的无知。这种无知会让人这样说话，"这事情八竿子打不着我。"或是面对他人的痛苦时完全无动于衷，"他自作自受嘛，所以活该！"这是思想的贫乏：那些人能够读书明理，却不知道自己没有知觉，就是这样一种贫乏，让他们不能想象一个人可以同时享有多种不同的生存形态。当这些人流落街头变得穷困潦倒，或是面对卑劣下贱的行径时，这种思想贫乏的问题有时才能稍稍好转。

72

脚注(！)（S）　你的态度似乎是想劝我缄口不言，要不就是试图把我从你的书里剔除。可是，当那个现实的原型作为其中的人物露面时，就没有作者什么事了。很容易，不是吗？你可以让任何人按照你的想法去做什么说什么！我无法抗拒作者享有的虚构自由，我不行。但是，难道没有发生过这样的事儿吗，作者基于某个现实生活的人物创造了一个虚构角色，而原型人物却反对作家这样写？我知道有过。你会说，原型人物会消亡，终将不存于世，即便那是一位著名人物，而你的创作却存活在虚构人物的"真实"之中。但这是真的吗？

好吧。我不能告诉你，你是否能够完成这本书。从你现在的境况来看，你也无法回答这个问题。也许，你即使想完成它也可能做不到。不过既然这么写下去，也许你会完成的。没人可以判断接下来将发生什么事情。也许再过一天，也许是六个月，但总会有一个决断。但它肯定不会让你解脱。我能说的就是这些。

在某种程度上，这些笔记本会引出一个决断，甚至就在今晚……如果这些笔记本被人看到和读到，也就是说，如果有人想要查看和阅读它们的话。至少，对我来说似乎是这样。但我保证，没人会看到这些笔记本。别笑。这个保证绝对不是你在作品中开出的那些保证。但你也必须保证不向任何人出示这些笔记本。你必须保护好自己。

　　每一天，只要我们待在这儿，你就要把你写下的东西拿给我看。我们要交流和讨论。比如说，我很想知道你将怎样把所有的线索都凑到一起。比如说，我会很高兴看到你给我认识的那些人披上了不同的伪装。向我出示笔记本对你是有利的，不会有其他任何人知道，等你这本写满了就交给我。此外，我已经读过其他那几本了。等你完成了，就把你写下的东西留给我；除非遭遇完全不可避免的情况，我不会让它有一丁点损毁。谁知道呢……至少你的名字有朝一日可能会被清除。希望你醒来时看到我在你笔记本上的留言，并照我说的去做。

73

脚注　一段时间以来，我总觉得自己被无休止地投射在一座大厅里的许多镜子中间。我不再知道谁到底出了什么事儿，或是那扇门——出口的门——在什么位置。我的脚注失去了意义。某些其他因素已渗入文本。这个曾经是我的书的东西貌似已经千疮百孔，就像是有许多洞眼，能让任何人潜入其中任何地方。我们过不了多久就可以发现它将引往何处。这个填写笔记本的人究竟是谁？我很困惑——或许我是在装作很困惑。怎么回事？我甚至不知道是怎么回事，似乎就是这样。

74

夜始于何处，出现在哪一时刻？我们之中谁能断定？我们
在言述中将它作为隐喻：长夜即将到来，夜晚降临，黑夜的拥
抱，暗夜张开大嘴。我们大家现在都意识到夜正在逼近，我们
将被碾压。可是，我们之中有谁坦率承认，我们只是不顾体面
地长时间欺骗自己，怀着孩子气的却是徒劳的希望，祈求那些
可怕的事情不会发生，企望能够逃避这不可避免的甚至已是迎
面而来的厄运？我打赌没有人敢于承认。事实上，我一直坚持
写作就像是仍然能够停留在黄昏，甚至当我完全知道黑夜已经
降临时，也能够拿虚构作品的特权来加以解释。所谓叙事者有
权按照他所希求的样子编织故事，这就不必拘泥什么。可是恰
恰在我决定故事开篇之际，难道我就没有屈服于虚幻的希望和
慰藉？

黑夜慢慢地铺向平原（如我之前所写），随后甚而吞没了那
些山峦。当我写到地下宫殿时，我想到了体育馆，那些带有地
下室的大型建筑物，那种地方被指定为体育训练以及各种身体
接触性运动的训练场所。当我用编童话的语气写下所有这些文
字时，难道我不是在拼命确认我自己的权利，以及我的读者的
权利，以保持作品的虚拟性？（无论我的读者是谁……莫非我

真是表现得好像任何人都可以阅读我的作品？或者……）

　　至少，我希望相信自己可能会有一些读者。但我唯一可以肯定的是，除了我自己，只有一个人会读——或者说是能够读——我的作品。这个人也许不会损毁我的笔记本。这该由我来决定。我是否应该撕毁这些笔记本，马上烧掉它们，然后咽下灰烬？抑或，我应该先完成这项工作，让他读读这些笔记本，然后再把它们毁掉？抑或，我就该把笔记本留给他？

75

　　写作的理由就是写。为了保持状态的写作。甚至没想好要
写什么的写作。这是一种强制性的写作。这本书必须完成。

　　如果有人被逮住，遭受惩罚，将他们的身子从商店窗口扔
出去，那些被监控的店主也得受罚，如果那些呻吟的躯体出现
在眼前，一动不动地躺在一摊尖利的碎玻璃上，像是一具具血
迹斑斑的洋娃娃，破损到无法修补，除了让过路人吓得发抖，
不会产生别的效果，如果那些不受欢迎的家伙被人从十层楼高
的窗口扔到街上，那么，我就不得不结束这本书了。

　　我一点都不担心有谁会读这本书。相反，我烦恼的是如何
将这本已经开了头的书继续写下去。要找到一种方式，不必删
除最后几页，还能将一切线索都凑到一起，使叙述连接下去。
譬如，写出以下这样的句子："我试图想象我们四个人躺在一张
床上。我试图看到我们四人在床上的样子，我们做爱，并不是
在互相折腾，并不是在互相撕扯，而是将我们排遣不去的一腔
怨气、愤怒和自我挫败转化为性爱。只有在这种时候，才能完
全证明我们的行为是多么荒谬。因为我们不断地向自己撒谎，
向自己最亲近的人撒谎，因为事实上，我们在向别人撒谎之前
不得不向自己撒谎，因为我们建立了这样一个世界，一切都变

成了虚拟状态和虚假情感，所以有必要将谎言进行到底，将谎言推进到某个可以引爆的节点。这样我们就不能再撒谎了。或者我们就死去。"

76

打开第二个信封，读读那里面写了什么，然后我就会做出决定——也许这样考虑问题很孩子气，某种程度上，这就像一个人因为纸牌上的不祥之兆而拒绝出门的决定一样可笑。但也许不是这回事。我可能面临一个错综复杂的阴谋，为驱使我做出某种几乎有违心愿的事情而设置的圈套。如果这是一个骗局，那我就已经掉了进去。

当然，任何一个摆弄这类把戏的家伙定然对获胜充满自信。问题是那些信息并没有把我调动起来。我很想知道这是不是一种摆脱困境的出路。谁知道呢？我一直相信每一件事情都计划得很周密，他们自以为是某种神祇，只是在某个地方出了差错。我想沿着这个思路继续下去，让他们丢脸蒙羞，或至少看上去荒唐可笑，还是有可能的。

也许我看上去确实不那么可笑，可是我已落入陷阱。更糟的是，我也许是自己心甘情愿走进去的，就像是一个傻瓜。在他们眼里，我还有其他什么不得不做的傻帽事儿？

在这个外国首都的机场降落时，我注意到来接我的那些人脸上惶惑的表情，过了一会儿，我意识到他们脸上这种惶惑样儿遮蔽着内心的疑惑。我感到一阵冲动，马上就想把自己浸到浴缸里去。我的旅馆房间里有两张床；我开玩笑地想着，不知道谁会睡在那张床上，我知道反正不会是塞温奇。

　　我洗完澡出来时，看见塞温奇躺在另一张床上。

77

你是否想过，在你身边的这个人（你面前的，你对面的），终将需要一个符合他身材尺寸的坟墓（高、宽、周长）？你是否想过，他将去喂养地下的生物，直到耗尽其整个身躯？你是否想过，他自出生后随着身体的成长，也像他的前辈那样，在成长的同时学会了热爱、关怀与努力工作？人们的奋斗与抗争能使身体得以滋养（也许"使他的灵魂得以滋养"是一个更好的说法），相应地是否会导致这样的推论，生命的实质就是吃吃喝喝？所有这一切，难道其真相无非是为死亡做着精心准备？

想到一具尸体由于消耗了其他一两个人的份额，对于麇集其中的蠕虫、蛆虫和微生物来说就变得更加美味可口，你是否考虑过，有着这样一副躯体的人，曾在他的生命中努力让自己变得更加高贵，显得更加仪表堂堂，以至让那些抬着尸体去墓地的人不堪重负而汗流浃背？我很想知道这一点。

然而，每当我看见一个脑满肠肥的家伙时，我心里就会闪过这样的念头。每当有人跟我说"你稍微长胖点了"时，我总是忍不住有一种夹杂着恶心的焦虑感。不去建构人的死亡，想建构人的生命就是不可能的事情，对于这种不可能性，如果这种感知——尤其是这种感知——被视为一种疾病的信号，那么我压根儿就不会在乎它；说到底，无论我们怎么做，都是在为死亡做准备，所以，设想这样才能调节生命，肯定不是完全错乱的想法。

我一直在想，无论是我还是塞温奇，甚或是我的对手——我没怎么察觉到他们——我们都不会变成我刚才描述的那种尸体。

78

　　我关掉小桌上的灯，站在窗前。外面的灯光不是很亮。

　　我等着塞温奇走过来。我们到了旅馆后还没说过话。我们
自然会聊起这次会议，那是有别人在场的时候，而我们单独在
一起却没有说过话，也许我们会拥抱——至少不止一次。从现
在开始，张开你的嘴，即使只是要一杯水，说出的话也可能会
是谎言。

　　我等他过来。我听见他下了床，光脚走过地毯的声音。接
着，我听到他用指尖轻叩我身后的桌子。显然，他在犹豫。他
拿不定主意的时候总是这样：用手指敲击桌面，敲击书本、门
扇或是柜子。这声音有些异样，不像是敲在桌布上；这桌上铺
着天鹅绒般柔软光滑的织物，或差不多就是那类玩意儿，更像
是某种织毯，所以敲在上面的声音听上去很怪。他把手伸向我
的肩膀。我站在薄纱窗帘前没有移动身子。从街上射入的昏暗
的灯光下，我想再一次看看他赤裸的样子，也许这是最后一
次。从他身上透出的气味和暖意，我知道他赤身裸体。

　　他用手抚摸我的脖子。我转向他。我搂住他的腰部，把他
的身体拽向我。在我抵达这里之前，我还以为我们将会永远分
离，比方说——我们在机场的茶桌前起身之际，抑或在此之

前，我刚刚登上机场接送车……可是我们又在一起了，再度重逢。我必须明白，他并未料到这是一种可能发生的情形。也许每一次都有新的命令等着他，他只不过是遵命照办而已。我们又一次聚到一起，但有可能这是最后一次，或差不多就是最后一次。不可能还有别的机会了。我希望我们能够一直站在窗前。他或许也希望如此。这当儿，我双臂拥抱的力量拽着我们两个朝后倒去。他的身体压在我上面。我的大腿正好顶在身后的桌沿上。我没有感到撞痛，不管是大腿还是后背。

79

　　塞温奇一直在医院里陪着我。我记不得他都说了些什么。有好长一段时间，医生都不允许我说话。因为我的伤势很严重……我有多处伤口。他们问我是否看清了袭击者，让我以眨眼的方式回应他们的询问。（我知道是谁派人来捅了我，我甚至可能知道是谁动的手，可我没有看见拿刀子捅我的那只手。）他们找到我时，我房间的门没锁；我肯定是在刚走出洗手间时就被刺中了。同室的人被我的呻吟闹醒了。我被告知所有这一切发生的时间，大概是在进了医院的第三天或第四天。在那些信中，我被告知自己可能会遭到枪击，但绝没有提到会用刀子捅。他们要么是改变了最初的计划，要么就是给了我错误的信息。他们的步骤安排得丝丝入扣，说到底，他们是要阻止我在第二天的会议上发言。如果我估计得没错，那很可能自始至终就是一个局。如果我相信他们任何一个人的说法，那就太傻了。塞温奇和我在一起。他会等我痊愈后一起回国吗？或者，更直截了当地说，是由他押送我回国吗？如果这样的话，说这些废话还有什么用处？

　　我常想，只要我们明白了某些事情，那它就没有办法能够打败我们。过于依赖这种想法是错误的。现在我开始尝到挫败的滋味了。因为我无从看透内情。我无法对自己所不了解的事物做出解释，用一种不同的伪装将它展现出来，不是吗？黑夜笼罩这儿已经有一段时间了。现在我发现自己站在一片完全陌生的土地上，在黑暗中完全摸不着路，即使凭感觉也不行。他们还是不允许我说话或是走动。我究竟是否能从这里走出去？……

80

（即便是回忆，我也得像提交报告那样把发生的事情写下来。）

今天，他们允许我坐起来。我们有一番交谈。他们表示了歉意。他们告诉我，那个捅了我八刀的家伙已经被逮捕，也判了罪。塞温奇走了。他三天前离开这里回国了——我被告知"回贵国首都去了"。他们肯定是把我催眠了，而且一直让我睡着。我不认为是我自己昏过去的。我什么都不知道。任何事情都想不明白。让人无法忍受的强光无情地照射在这儿。

我没有完全在意自己的伤口。这方面他们对我叮嘱不多。从会议上拿来的书籍、小册子、报告和记录稿堆在我的床边。他们说这些材料可供我阅读，只是不必作为自己的负担。

我根本就不在乎。我做什么都随自己性子。走出黑夜之国，抵达这个真正的白日之地，结果我却弄成了这副样子，真是太讽刺了。

过了一些日子，我被告知可以下床了。我觉得胸部很不自在地抽紧着。我走起路来拖着一条腿。

接着，我发现自己走到街上了。我的脚步似乎很不稳当。外面太亮了。有人挽起了我的胳膊。"找个地方去坐坐。"说着，他带我去了一家咖啡馆。我们叫了咖啡。这人告诉我，他是被派来保护我的。"你差点儿摔倒。说真的，他们在你身上花了很大力气。你能活下来我们真的很高兴。你现在想要做什么？"

我什么都不想做。你想和什么人聊聊吗？"和谁聊呢？"我问。再说，这家伙又是什么人？我不想跟任何人聊天。"这里太亮了，"我说，"让我们找个暗一些的地方吧。"

"我们已经在阴暗处了。"这人说。

我告诉他我想休息。"没问题。"他说。他领着我走向我再熟悉不过的这家旅馆。房间里另一张床没有人占着。那人说他会在楼下守候。我进了洗手间。当我出来时，塞温奇躺在另一张床上。他似乎睡着了。

81

有时候，我们都厌倦了奔跑和追逐，厌倦了情爱与做爱，烦透了生生死死的变故——或是看着别人在奔跑，在追逐，看着别人生生死死地折腾。我们总是可以找到理由，一个可信的、对任何行动或拒绝行动都有说服力的理由，或者，我们一直认为自己能够找到这样的理由。然而，有一天，我们援以解释的理由动摇了，其根基崩塌了。甚至死亡也失去了意义。这种令人绝望的状态，犹似坠入深不可测、井口早已从视野中消失的井底，仍可被视为幸福。

陈述对黑夜的厌恶让你精疲力竭之后，有一天，你发现光明也让你烦心，于是，最初你去寻找阴暗处，然后去寻找黑暗，好像它成了温暖的怀抱，或是一个可以庇身的处所。就是那一天，你发现自己亦处于我那种危境之中。

回到黑夜（塞温奇!），无意义的事情甚至变得更无意义，因为你知道自己变成了一个玩偶——用处可疑的玩偶——攥在某些人手中，但你不知道是在谁的手中……如果不是我疯了，那就是他们真的在追我。他们的追踪是一种报复；他们试图把我推到刀口上。在这种情况下，难道我不应该问一声他们为什么对我有这么大兴趣？难道这个问题不应该有一个满意的答案？

只要这不是现成的答案，也不是不受欢迎的答案——或是循着
这条思路想下去，只要答案是回避和糊弄——坠入深不可测的
井底仍然保有幸福的意象。抑或，我已落到这样的地步：我在
愚弄自己，更糟的是，我甚至都不知道这一点？

82

小说作者应该知道他的作品要往哪个方向走；有时候，作者也确信是往那个方向走，或者以为被什么东西牵着走。但这位作者永远不能忘记，除非他已写下一个句子，否则他不能确定下一个句子怎么写。

我不会，也不能一直遗忘那件事，留下一部完成的书稿——我认定那是一部完成的书稿，所有的线索都已贯通。我想我不能离开这个地方。不会很快就离开。即便我能脱身，派在我门口蹲守的家伙也会把我的笔记本留作纪念品。即便他们让我走，难道他们不会用那些笔记本来要挟我，就像远远地朝我摇动手指吓唬我？

先把这些想法撂在一边，我绝不能忘记的事实是，我留下的是一份粗略的草稿。只是一份初稿。其中留给我许多修改的余地，难道不是吗？

超越虚构的界限，将我自己的观点塞进去，难道不是一个聪明的点子？可是为什么这般别开生面的处理会让这位读者感到担心？……我得说，是阅读这部作品的那个人。（作者这么快就适应只有一个"读者"的意图了！可是这一次，也许没有读者，只有一名隐居者在阅读它。）没有理由去想为什么此人应该费心揣度作者别出心裁的思路，既然他可以理解作品，能够将它与其他替代性作品区分开来，而不是将所有不同层面的分析给一锅煮了。我不是也在嘲笑读者们在作者笔下寻找蛛丝马迹吗？

　　一份初稿。未完成的草稿。记住，人们总是很快就能亢奋起来——高兴对了，或是高兴错了——被将来可能产生更好版本的希望所迷惑。

　　只是一份初稿……一个方便的说法。初稿与完成的作品之区别在哪里？除了我自己认定和我自己这么想，还怎么界定？

83

很长一段时间里，我一直把学生时代排除在我的记忆之外。我希望是这样。而我也做到了：我以高超的手段抗拒别人要我记忆的事物，不想记住的东西坚决不记。可是后来，出于某种原因，我一直在回顾那些岁月，以及我当时认识的那些人。尤其是 N……他的名字究竟是奈米、奈利，还是奈兹已经不重要。我是把他当作 N 来记忆的。这使他的名字更有意思了，因为听上去似乎就是一个数码。

他是一个留着淡黄色短发的男孩，脸上有雀斑，生着一双热情的绿眼睛。他和我们一起在学校待了四年。即使我们更换教室，他与我们相连的座位也不会变更。我们总是坐在靠近门口的位子，不是第一排，就是第二排，可他总是坐在我们后面，靠近窗子或是角落的地方。他每年都为自己挑选一个朋友，只跟那个孩子一起走，一起聊天。他经常在学校院子里靠墙站着，看着别的孩子奔跑或嬉戏，却从来不掺和到他们中去。只有他那位年度朋友才被准许走到哪儿都跟着他；如果有另外一个人，另一个不了解他这怪癖的家伙走近他们，他那张脸就变了，习惯性地显露不悦之色，甚至会拉长，完全是一副拒人以千里之外的表情。

他耳聋。不过他有很高超的唇读技巧。老师们都很喜欢他的专注劲儿。他并不是一个用功的人，总是指望以身体不好为借口蒙混过关。这让我们很愤怒。他所有的功课都能过关。我们对他有怨气，但又不能露出这份怨气。我们最后把他的冷漠归结于他自身的残疾，但老师们这样容易被他蒙骗过去，让我们非常不爽。他把自己从我们的团体中疏离开去非常简单。一眨眼就做到了。他只需转过脸，不看我们的嘴唇就行。

84

在学校的那四年里，N和我很少说话。每当他缺课时，他就会请求我们把笔记和作业给他看。我们有时候感到奇怪，他为什么向我们要。难道我们认为他是一个懒学生的看法是错的？我们以为他只是指望把老师糊弄过去，不过他也许就是在跟上学业。抑或是因为除了自己选择的那哥们他就没有别的朋友了，也许，至少他是在预防我们的敌意，讨好我们当中公认的成绩优秀者，以及作业做得好的学生（虽然是间接地）。据我们所知，别人的偏见，那些逐渐发展的敌意，对他都没有产生太大的困扰。当他想从我们这儿获取什么时，他就表现得好像我们根本不可能拒绝他的样子。自从婴孩时罹患的疾病给他留下耳聋的后遗症（我们是从他第一年的哥们嘴里知道的）之后，他遇到什么事情肯定是有求必应。他感觉到别人听不懂自己的话就开始写作了，因为从他嘴里发出的语音有些变调。（我始终觉得惊奇的是，他那种言语腔调也成了他写作的风格。）他手边总是备有钢笔和纸张。他写作使用的语气不是训诫式的，就是在下达指示。

离开学校的那一年，他一次又一次地给我写信，坚持要我充当他那一年的朋友。他父亲由于工作缘故，举家迁往另一个城镇，他要去那儿上学。当然，他肯定觉得我的回信不能让他满意：毕业后我们见面的那个夏天，他冷淡地和我打了个招呼就走开了。我从未想到的是，在许多年后的一天，他会把自己定义为夜的重要工作者之一。

85

脚注(!)(S)　在最后几天,你真是在尽最大努力把事情搞砸。你在你的房间里重新找到了我,我以为你是想把我作为你的人物的模特儿,可随后你就把我抛开了。你还在叙述中毫无理由地插入一个耳聋的同学。难道你想暗示他已变成一个非常重要的人物?要我说,你这套游戏中的人名都涉嫌冒渎个人隐私。然后,你又莫名其妙地用首字母 N 代表那个人,但是在别人看来,这个字母好像被认为是对你的称呼。最初,你似乎只是着眼于趋势性事件,创建一个总的基调;现在,你企图迂回进入所有的事件,继而拎出几个人物和不计其数的情节和故事大纲。你以为,你是(抑或,那人假设认定你是)人人所关注的焦点。但你知道,考虑到那个尚待解答的问题,正如你说起过的,你从未获得过令人瞩目的成功。

你下一步要做什么?你想干什么?当然,你可以把这本书弄成你想要的模样;毕竟,你想让自己丢人现眼也是你的自由。没人会来阻止你。但如果你认为我会放弃阅读你的作品,那要请你三思了。我一直在看着你,在这里。无论你在自己的房间里做什么我都看得见。只要你写作,我就要看。所以,最好是……

你这类人无法逃离我们这类人的掌控。不要以为你在这里还没到呜呼哀哉的程度就自欺欺人。如果我们现在还没有毁了你，那只是因为你还不是特别重要。我们不必解释为什么要为你费心劳神。

86

我必须承认,我将自己困入了一个恶性循环过程。当然并非因为塞温奇想要如此。一开始,我试图理出事情的基本顺序。但那些东西很快就缠住了我。我写下来,或是过后再写,一章接着一章,我打算写下的东西,正是关于可见的事物的。然而,不可见的事物开始彰显其重要性。让人关注的问题不再是降临于世间万物之夜,而是为夜做准备的人采用的方式。

有一天,整个事件将会被加以分析,从诸多不同的立场和不同的视角入手。我甚至没有条件去开始从事这种研究和调查。我最多只能提供几个数据。也就这样了。其实就那几件事情而言,人们看到的或是听到的没有多少,只有少数几个身在其中的人还敢说起。我整合到一起的东西并不能真的被称作"文件"。研究文件的那些人根本不会费心审查我提供的材料。我所写下的一切,只有对于极少数人来说,才能充其量算是一份文件。

夜工们没有停止打砸、实验和谋杀。他们甚至不停地制造恐怖和畏惧,用这样那样的压力把人们搞得筋疲力尽。他们做得很聪明,只需小小的动作,不必搞出一场暴乱,就能将所有的阵地与堡垒一个个掌控在自己手中。他们对那些并不隶属自己的人群、团体和机构进行识别管控，以免在特定领域出现反对他们的行动；他们谨慎从事，每一次采取一个步骤，采用高压手段，或颁布新的强制性条令，让那些人留在他们一边。夜工们懂得怎样利用他们这些沉默的合作者，即使这时候他们因沉默而前景渺茫，更是直接受到禁令的影响。

87

如果有人将藏于自己内心深处，融化在血肉和神经之中的知觉与情感、愤懑与凶残，投射于各种不同对象，甚至很可能他们自己都不知道有这一切的存在（他们将其解释为对象或对手的胆怯畏惧、缺乏自信、情感压抑、怨恨和欲望）——如果这些人试图以同样方式将自己的情愫投射于历史，那么这个世界的终结就已到来。它意味着某种末日审判已经发生。

这种状况不仅仅见诸少数人群，不仅仅发生在少数几个时代，事情就是这样。

那些失败者被虚妄的谎言和不义的行为所淹没。（谁知道呢，也许有一天，会有人会出来公开揭露那些谎言和谬误。）

事情发生在我们回国不久后。报纸和杂志正在长篇累牍地报道我在国外的遭遇。不过，令我甚感满意的是，任何一家报刊都没有刊登我的照片。而我觉得有意思的是，他们在安排所有这些报道之前就在等着我回来了。有关两个月前那个小插曲的报道已经适时施用于蓄谋已久的其他计划之中。至少，对于将阐释那条新闻视为自己的职责所在的那些家伙而言，这一点实在是显而易见。

经过最初七天的狂轰滥炸之后，关于这件事的新闻话题突然消停。不再出现"涉事人员"的访谈和报道了。接着，一天早上，在我家门口……

正是在那天早上，我在家里被他们带走。后来，我被带到这个地方，这里更像是一家医院，一家精神病医院。他们不允许我见任何人。对于外面发生的一切，我一无所知。我只是有着一种感觉，人们正在野蛮地互相残杀。

为什么那具女尸会搁在我家门口？我原以为这女人也许就是那个名叫塞温奇的人，后来才得知她叫塞维姆。他们肯定是费了好大劲儿让尸体看上去像是从这幢房子里拽出来的。我听到的描述就是这样。尸体是在早上被发现的，然而，当我从窗口打量街上匆匆而去的行人时，我就想到……

88

直到昨天，就在我翻开这些笔记本的时候（我可以用"直到昨天"这种表述，是因为我正在说刚刚过去的事况），我还是习惯于相信，我们投入的每一个行动，我们写下的每一个事件，我们经历的每一天，都必须被有条不紊地付诸实施、整合与生活，就像是我们在砌筑一堵墙，或是在编织一块质地优良的织物，拿出最精致的制作手段，需要小心操作使之完美无瑕，使之紧固致密，使每一个石块、每一个针脚，都与四周十分啮合。我曾说过，在这尘世，人类奋斗的最伟大成就便体现于建筑，体现于编织，体现于一砖一瓦、一针一线的劳作，然后将此一切留给后人。这样的生活，我以为就是对死亡的蔑视，就像死亡不存在似的。

我的状况使我不知道自己是否错了，但我怀疑织物已经开裂，针脚并未完成，墙也开始倒塌。在我的触觉中，石块和线头正在松脱。将那些石块安置到位，重新将线头系结到一起——这一切看起来是不是非我所能？不是的。但这样做肯定会显得徒劳。有些事情不值得去做，不值得为它费心……我读到这本笔记结尾的地方，它似乎已经懒于提供解释，懒于保持叙述的连贯，语句的逻辑性和语法也成问题。也许，我们必须放弃这样的想法，以为写作是将秩序带入混乱世界（也就是说，对于人类思维派给的任何秩序，写作是一种外在的景象）的一种工具（或中介）；我们也应该放弃写作会产生虚妄观念的想法。写作、言说与行动，不会使我们甘心接受秩序的缺位，虽然这种缺位仅仅让我们感到奇怪。

89

　　是否有过清明澄澈（或者说不那么晦暗复杂）的时代？我想说，我觉得是不曾有过。但我真的是不知道。哪怕是在最混乱无序、最无希望的时期，哪怕是在最黑暗的时期，人们也会显露传承的意念和行为，想着要把那些最有价值的东西传于后人，尽管传承的方式并不完善，有些捉襟见肘，有些顾此失彼，有些不三不四，甚至失误连连。由于某种原因，我们不能真正抓住这种传承的意义——就像抓住体现在教育孩子或倡导成年人阅读、写作的努力之中的意义一样。就学校和书本、书写和语言文字而言，我们在这条路径上已走近终点，较之晚近以来（此时此刻）的技术成功就显得相形见绌。我们易于忘却，写作的语言技能只是传承的一部分。我们以为能够因循无与伦比的话语方式创作出完美无瑕的作品和技巧纯熟的文本，从而再现人类对死亡的胜利。但是生命被挤在两个无限黑暗的大洋之间，我们却错误地以为有了暂时的安全感——难道不是吗？——我们怀着这种虚假的安全感，至少在意识到二者的邪恶并权衡利弊之前，我们就是这样。我怀疑，那个以破解缠结之局为嗜好的家伙，对于这种嗜好给他带来的无意义与虚妄的安慰经常视而不见。他心里甚至从未闪过这样的念头。有一种观点——为什么不称之"观点"呢？——那种精神失常的思维，以为有可能将秩序带给这个混乱的世界，带给错综复杂的人类社会，这使得我们中间的某些人，也许是所有的人，能够想象自己的胜利。这种观点很安慰我们。我们自信满满地认为，我们下一次的书写不仅能延续长久，而且还将扩大这种胜利。什么时候我们能放弃这种自欺欺人的方式？

写下这些之后，我是否就放弃了自己的努力？

塞温奇将是给出答案的那个人。

90

　　夜唤醒了蛰伏在人们内心的恐惧，让他们保持清醒——无论是人们自身还是他们的恐惧。我们确信如此。

　　人类唯独是白昼的生物，这是一个神话。我们中间谁敢否认曾享受过如期而至的清晨之悦，不管是连小睡片刻都不成，还是压抑内心的一切恐惧，怀着再度拥抱白昼的希望酣然入梦？然而，夜又回到了那个洞穴：它在温暖的海洋中漂荡，回到了大多数尔虞我诈之前的时代。即使夜本身的存在亦取决于谎言。

　　我不知道那个叫塞维姆的女人想要做什么，可是他们没耽误什么工夫就把她添进了谋杀名单里。我不知道他们在什么时候或是怎样杀了她的。我什么都没听见。我当时正在这个笔记本上记录自己的日常状况，因此对这个世界充耳不闻。大多数人觉得艰难的事情对我来说却是小菜一碟！……他们肯定就是在那个时候杀害她的。谁说她肯定会大声呼喊？他们也许是悄悄地靠近她，在她毫无察觉时抓住了她。甚至很可能别人也什么都没听见。如果他们是用枪杀了她，那么他们很可能在枪上装了消音器。可他们为什么要把她搁在我家门口的台阶上，就像是她先在屋里被杀，再被拖到外面的呢？

他们杀她有何目的？谁知道还有多少人被列入内定的死亡名单？塞温奇是否也会告诉我这些？

91

人们是否认为创造一件艺术作品，取得某种杰出成就，要比懂得怎样生活得美好、富裕和圆满，并成功过上这种生活更为重要？

我形诸文字的东西并非完美无瑕；我没有拿出被人认为特别出色的作品。而另一方面，我也无法为自己创造一种美好、富裕和圆满的生活。一切都是半生不熟的，无论是我的作品，还是我的生活；我从事的一切都是这样。

我明白，夜工们已经大获全胜。最初，我们以为他们的计划是孩子气的，也是疯狂的，他们企图将我们湮没在无所不包的黑暗之中。每一种想法都支撑着这一模式的要则或术语，都已安排就绪。除了他们自己，这种渴求对于每一个人来说似乎都过于激烈，过于极端了。可是在他们的术语中却表达得相当清晰，在他们的模式中显得轮廓分明。压制是他们的主要目的。可以断定，即使他们采用最常规的方式，他们也会成功，这也许是他们最大的成就。

92

　　某一天，当一个人——或是两三个，或是五个、八个——可能会被杀害时，当人群遭到轰炸和机枪扫射，人们纷纷倒下，更多的人负伤挂彩时，当人类失去了血债血偿的基本对等原则时，这个时代就完了。再也没有人被杀害了，要不然就是他们开了杀戒也未走漏一点风声。行走在城市街道上的人们也许会更快地迈动脚步，而不是漫无目标地散步，人们意识中似乎有了特定的目的地，也许就在远处的某个地方，他们要赶在某个特定的时间之前抵达那里。他们行走的动作可能变得更僵硬了；他们似乎从头到脚都绷得紧紧的。他们不再左顾右盼，如果是需要观察什么东西，他们就以整个身体为轴心，胸部、腹部和头部一起转动——好像他们的脊椎没有铰接功能。人们不再彼此对视。眼神的接触好像被遗忘了。没有人流眄四顾，那是由于没有人去看别人。每个人只是空漠地凝视着，两眼盯着远处的某一点，街上无论碰到什么人，就当对方是个透明物件。这些目光空洞的人一脸茫然的表情，他们要去什么地方？（我把他们说成是目光空洞，而一旦他们目光彼此相接，是否会观察到对方眼窝里还有眼球吗？如果是空洞的，他们会被确认为盲人吗？我几乎可以想象出这样的场景：这些人彼此看着对方，只是为了看见对方是无眼人。）因为没人听说基本的市政服务都完蛋了，走在街上的这些行人肯定是去什么地方做自己的工作。

我很满意自己观察到所有这一切。我对自己的观察力甚为满意。我并未在任何政府部门任职。我为什么要这样？再说，别人也许同样观察到我在打量他们：别人看我，没准认为我的目光或者说我的眼睛也是空洞的。

因为我这段时间经常步行，所以至少还有一个人在街上闲逛，不是那么急着要按时赶到某个特定的目的地。这样说来，难道他不应该这样招摇过市？至于别人在打量我的时候，他们会怎么想，这不过是一个荒唐的推断。

当人们带着空洞的目光僵直地走在街上时，那些街道被有规律地掘开（以维修、铺设或更换管道为借口），弄得高低不平，通往其他街道的路就被切断了。一些错综难辨的断头路开始从市中心铺向城区外围。

城市开始被稀释，呈现一种新的景象。

93

理论上，我们相信自己的眼光、意识和思维模式大抵是与生俱来的禀性，这就将我们引入了误区，而由于某些原因，加之看不到自己的错误，我们自以为精明透顶，偏是不去理睬向我们指出问题的那些人。我们拒绝承认，某些在我们看来甚至是基本事实的事物，放在某个正好就在我们面前（倘若他与生俱来就跟我们唱反调）的人眼里，可能就既不是基本的，也不是事实。我们只是意识到它会导致冲突的思维模式，所以才就这种可能性达成理论上的妥协。

富人并不炫耀他们的财富，他们只是使用财富。（暴发户也许一开始禁不住诱惑也会炫耀一下，但他们很快就会学乖。）我们这些对于财富没有亲身体验的人，以为富人就喜欢炫耀。

美人只需昂起头颅展示自己的美貌，不必为好逑者向其频送秋波而烦恼，可是我们这些不美的人却因为那种天然、自负的显摆而感到不快，很想抱怨美人难以形容的虚荣自负。

我们不希望看到人们突出自我，不希望看到任何出格的事情。我们忘了这种对失衡状态的恐惧只是植根于贫瘠的心灵。

在我的世界里，一切类型的美，一切类型的富裕，必定是联袂而来，各自只提供一种色彩，与其他类型的色彩拼成一幅图案。因此我可以相信，我手里攥着整个世界，这样它就不会从我指缝里溜走。如果它溜出去，那就一切都完了。我写下的每一行字，如果听上去似乎都是出自他人之口，他人之笔，我就将成为整个世界。我将是一切。

　　我在保存笔记本的信封里找到了一些文件。我正在不分次序地把那些东西抄下来。那些东西是什么时候写的？谁写的？是我写的吗？

94

　　除了错综莫辨的断头路，还有其他一些事物也在城里不胫而走：有谣言说，由于所有的街道全都在修补或是将要修补，城市最终将成为迷宫。

　　人们或许会觉得很荒唐，谣言竟可以同户外工程联系起来。不过众所周知，本城的居民不仅非常愿意散布引起焦虑的谣言，而且都非常愿意相信谣言。事实上，他们传播谣言并非沿袭传播新闻的套路，而更像是他们自己在喃喃自语，嘟囔着即将到来的，或许将遍及四面八方的危险。然而，只有当你在这条或那条街道上能看见的修补被夸大为整个城市都要搞成迷宫的计划时，尤其当那些描述被证明为子虚乌有的时候，你才可以正式称它为谣言。

　　街道被掘开了，地下管道被挖出，进行更换或修补。但在这番折腾之后，每个人都可以看到，甚至那些最漫不经心的人都会注意到，仍然有些烂尾工程扔在那儿，那些市政工人——或者被认为是市政工人的工人——都撤走了，好像工程已完工似的：每条街道铺筑的路面，一头仍保持原来的水平面，另一头却比与之相交——或者曾经与之相交——的街道路面至少高出几码，或是低了几码。所以，这样的街道不可能让人好好地从这头走到那一头；相反，你得从原路返回才能走出去。主要街道似乎都悬在空中。当然，要从每条主街上拐入一条背街小巷，至少还是有可能的，大概城里的人反正是这么想的，可是在大多数情况下，你不得不走遍整条大街才有可能找到某个出口。再也没有人想开车上路。最终，人们习惯了足不出户的生活，除非有十分必要的事儿才出门。城市的这种新地貌很可能让任何人完全迷路。也许，他们只能在路上耽搁一会儿。

　　那天晚上，我兴致勃勃地上路了，试图走到盖普斯大街。可我走到街道那头时，却只能很快再去绕一个大圈，因为我看到那条大街就在我站的人行道下方大约四码深的地方。我换到旁边那条街，走到它后边的一条街上。黑暗本该对我有所提示。这一次，路面却在盖普斯大街三码以下的地方。我必须赶在天黑之前回家。因为这些日子有谣言说，天黑以后还走在街上的人肯定会迷路。

95

　　到了一定年纪，我们必然就明白事物的因果关系（或者说是因果链）是怎么回事，起初是生活中一些无关紧要的事情，一些我们甚至都不曾留下记忆的状况或是行为，终而导致了意义重大、生死攸关的事件。对于这条因果链上的某些事情，我们至少会有一些模糊的意识。（有些人甚至在孩提时代就意识到了，但我在这里说的是普通人。）

　　我们没有办法知道，曾经犯过的一阵小刺痛，或是我们早已忘却、以后再未复发的小病小灾，或是带回家的一只未断奶的小狗小猫，或是在某个夏日黄昏一见钟情，最后发展为恋人的某个人，有朝一日，竟会直接或间接地导致我们的死亡，甚至，它本身就足以置人于死地。待我们发现苗头不对，却已是为时已晚。尽管我们可能会挣扎与抗争，但事实通常只会进而证明，结局不可改变。

　　可是我们总有机会随时切断这条因果链，打破、阻止或改变那看似不可避免的结果。一次观察，一个疑问，或是一个阻滞的决定——尤其是经过精准地估算和调谐的决定——或许可以改变一切。尽管，大多数情况下我们抓不住这样的机会——有时是因为我们过于乐观，有时是过于小心——我们判定了自己的命运，并在不知不觉中予以批准执行。

　　这两条腿，这副身躯，这双手，还有这张脸——都是我吻了又吻的——它们难道就不能属于我的凶手，属于我的死神吗——或是现在，或是今夜之后很久，在这张床旁边，或是离床远远的？它们不能吗？它们不会吗？如果后知后觉让我了解到的是我未能搭建的关系，或是我未能说出或做到的事情，那么，除了能让我明白，自己和其他人一样可以变得多么盲目、多么愚蠢之外，它又有什么用处呢？

　　显然，所有这一切之下还隐藏着某些事情。这是一种亲历死亡的潜在欲望——就此而言，我们的死亡——掌握在某些想要这样做的人手里，也就是掌握在不可能会犹豫不决的那些人的手中。这就可能引导我们得出其他的结论。

　　但重要的还是其他一些事情。我的基本感觉是不安全，作为一种阐述，它无法解释现实中一系列事件的因果关系。

96

　　我曾计划让 N 消失。这个耳聋的男孩，就像我们知悉的那样，他摆脱了每一个曾经帮助过他的人，如果他也以这种方式消失，对我来说不啻一个胜利。

　　正是他杀了塞维姆，因为她曾跟他说话，警告过他，他第一次在某种程度上为谋杀做出合理性辩护。按照顺序，塞温奇和我是接下来该死的人。可是轮到我的时候，我为他准备了一份惊喜。

　　他推出了一种游戏，在其中，他是我们所有人的对手。一开始，我们没人在行。他制定的游戏规则用以对抗自己周围所有的人，但反过来，也给他们以对抗他的机会。当他的对手进入一个与他对抗的局面时，他们——有时候——发现不必压抑自己的个性与趣味，也有可能搞定他。另一方面，他让自己跳出来与别人作对，挑衅对手的反应和情感。他深知人们很快就会厌倦一个独裁专断的领导者。

　　再说，他也很享受这种游戏。他最大的收获也许就是源于此的无限乐趣。是他自己激起了对手的反应，他深知这一点。

　　但这种游戏不止于此。N 还会通过估算改变自己的立场，以接入特定的对手，不断地更换游戏中与之对抗的一方。尽管他维持着本质上的一贯性，但是在每一个不同的对手——围绕他的每一个人——看来，他具有不同面目，以至于他们当中一些人试图谈论他时，都不清楚自己谈论的对象究竟是个什么样的人。他们彼此轻蔑地看待对方"错误"的观念、视角和判断，颇有心满意足之感。

97

脚注(S)〔此处，这个标题下面并无条目。无论是谁写下的，似乎都已预计到 S（塞温奇？八成是他）可能会添加些什么。然而，虽然我已经在一个笔记本中读到过，但我还是觉得这些内容只不过是在小纸片上的胡乱涂写，无异于心不在焉的涂鸦，被人抄写在这里而已。似乎一切都是随机的拼凑……——一位读者〕

〔附录：在第 93 章里，提到一些"找到"的文件。这些文件想来也应该被写入这个笔记本里。迷惑与混乱不仅表现在篇章的安排上，段落与字词句也都是层次不清逻辑不通的。但我觉得自己越来越着迷于这些笔记本里的玄秘气息。〕

98

天色越来越暗。步行通过那些坑坑洼洼变得越来越困难。我又一次走到街道的尽头。盖普斯大街离我还很远。只有少数几个人还在街上转悠，而昔日这儿曾是车水马龙，行人几乎络绎不绝。人们一个个地消失在门道里。我能看得见的车辆都不是泊放在住宅前面，也未停在新开辟的背街小巷的断头路上，而是到处胡乱停放，就像是被丢弃的废车。汽车不可能在本城任何地方行驶了。

式样各异的百叶窗都关着（从建筑风格上说，百叶窗是这些房子的细部特征，靠近盖普斯大街的那些老房子更是如此），我这辈子很少见到那些百叶窗全都关着，以往只不过一年中的几个月里，有几幢房子的主人去了夏季别墅，才会关上百叶窗。那些门窗的铰链都没什么声音，只有些许轻微而近乎悦耳的摩擦声，本来它们肯定是被常年的灰尘和污垢阻塞的，我由此推断，自从我最后一次走过这个街区，这五天来，已经有人清扫过窗台，给铰链上过润滑油了。

天色越来越暗，我越来越提心吊胆。有必要把每一条街都走到底，看看是否能通往什么地方，如果此路不通就再折回来。试过一条街再试另一条，不行再试另一条。我试着走了四条街，这时在我经过的这条街上，老房子之间的空地上露出了一小块天空。只是在这儿周围才有一点亮光。

因为心里老是担惊受怕，我迅速反身朝街区中心地带走去，不想再去盖普斯大街了。我右边有一扇门还开着。那幢房子带有七十年前流行的装饰风格，沉重的铁制窗框支撑着积满尘垢的磨砂玻璃，隐约有些透亮。照亮进门处的那盏十五瓦灯泡熄灭了。我刚好走进里面，踏上一段台阶。一扇带玻璃嵌板、镶有铸铁部件的木门无声地打开了。我走了进去。门在我身后关上。"你能走进这儿真是幸运，"那女人说，"再过一会儿，那些还在街上的人就会消失。坐下来喘口气吧……"

99

钢铁。法国梧桐。大山。石头。

我们一直崇尚坚固的东西，在金属和树木的范围内，着眼于自然物和自然成形的耐久物态，寻找人工制作的范本。人在自然界找到了什么，他就能够制造什么。我们总认为人是渺小的、无力的、脆弱的生物。如果事实并非如此，我们会告诫他变得强健、坚实，这样那样地壮大自己吗？我们会接受这样的建议，或是给出这样的建议吗？人对于自己，似乎不像对他利用手中的资源生产和创造出来的东西那么自信。

塞温奇不再来看我。有时候我会问自己，是否所有发生的事情只不过是一场奇怪的梦。我说"有时候"，是因为一般来说我觉得很难忘记自己被拘禁在这儿。所有已经发生的事情，所有我写过和说过的那些事情，都不是梦。有时候，我讲起它来，就好像它是一场噩梦，但有时候，我却能做出清醒的详细叙述。塞温奇还在吗？他最近没有露面，也没有读过我写的东西。

我料想，迄今为止没人能猜到世间的声音从我的生活里消失了多久。无论如何，我没有跟每天过来的护工说过话。我紧紧盯住他们的嘴唇，不漏过他们说过的任何一句话的做法，恐怕让他们有点反感。

　　我大权在握，是提线木偶的主人，躲在看似在前台操纵一切的那人背后。我负责决策，制定目标，拿出可操作的思路和说法。很少有人得以窥见所有这一切隐秘。大多数人觉得所见即所是。唯有在幕后攥住手中提线的那些人，才知悉所发生的一切。

100

这里只有很少几处可以歇脚的地方。有人站起来，把他的矮凳让给了我。我一屁股坐了上去。我还没意识到自己有多疲惫。

我看来是走进了一幢单身公寓。不过这儿显然塞满了两种性别的人。我被领进的这个房间里，连我在内共有十个人。算上进进出出的那些人，这几个房间里也许住着四十五至五十个避难者。除了避难，我还能怎么说？

我对单身公寓有一个印象，它不仅设备不齐全，还几乎没人照料——或者看上去是这样——哪怕它还算干净整齐。这会儿不必争辩我的看法是否正确。

凡是能让人坐的家什都沿着墙壁摆成一排，被褥都卷起来、叠起来堆在一个角落里。有些人两腿交叉坐在房间中间；进进出出的人只好沿着房间边上走。过了一会儿，他们让我坐到靠墙的一个大行李箱上，对着一张可折叠的户外桌。我没有一点食物，但其他人大部分似乎都是有备而来。一小块面包，一丁点奶酪，让我心满意足地享受了片刻。有些男人脱下衬衣挂起来，套上了睡衣。大家的被褥都铺在地上，铺位之间留着很小一道缝隙。洗手间里没有空闲的时候，用过牙刷甩干了再搁回包里——手提包、公文包和书包。有些人到别的房间去睡觉了，又有一些人进了我这个房间，显然在我到来之间已经有了住宿规定，但我还不知道具体有哪些规定。分给我面包和奶酪的那个年轻人又把他的褥垫让给我一半。我们两人都没有睡衣，这唤起了我对一些记不太清的事情的回忆，但我没有为此去伤脑筋。熄灯了。我们伸出手去，没有因为彼此身体触碰而不好意思。"你真的认不出我了？"他凑近我的耳朵问。我抓住他的手腕，却不敢大声回答。这时，一阵尖厉而可怕的刹车声从附近什么地方传来。街上有人在跑。我们听到一阵狂暴的尖叫，像是有人突然遭受内伤——如同骨头断裂那种情况——然后又无声无息了。躺在房间里的人一阵骚动。然后，沉默再次降临。我们的手确定互相认出了对方。有些人的欲望没有止境，除非他们病得不行了。

101

有朝一日，我们都会明白，我们必须摆脱话语的魅力，一定不能屈从于话语的魔法，那不过是老一套的煽情伎俩。有朝一日，我们将意识到必须使自己学会说话，学会感悟，学会用自己的方式去思考，就像当初我们自己学会了走路、进食和排泄。对我们大家来说，事情都是这样。迟早都要迈出这一步。有朝一日，我们的情感、思想和言语，真的就成为我们自己的了……有趣的是，一旦我们开始像是自己在说话了，周围的许多人就会开始抱怨，说他们听不懂也不明白我们在说什么，我们的振振有词在他们看来显得怪诞而令人费解。有些蠢货觉得受到了冒犯，因为他们除了自己习惯的方式以外，不能接受任何其他话语方式。你几乎要把那些可怜的灵魂逼入绝境才能让他们清醒过来。

然而，鉴于角色作用，作者不得不凭借人人都能接受的那种形式，而且还要编造出他自己的语言。从开始写作的那一刻，他就开始创造形式了。他熟练地摆弄语言，是否就像杂技演员走钢丝的技巧，借助两根提拉的细线，偏要走上那根更牢固的拉索？我知道这样谈论作者，并未明确界定我指的是谁。我想到的是某种特定的写作和某种特定的作者。任何说法都可能一下子被推翻。迄今为止还没有人能看穿言辞简单、精确的奥秘。黑夜，本来可以成为一个有效而不必被夸大的词语。一个能让我们心中的野兽战栗颤抖的有力词语。

102

此时，此地——是梦境还是现实？我说不上来。映在窗上的一抹浅紫的天色越来越亮。我醒过来了。我的同伴轻轻捅我一下。"我们得离开这儿，越快越好，"他说，"万一他们突然闯进来就麻烦了。"近来人们说话的方式都挺古怪。所有的一切在我听来都怪怪的，难道是因为我们这段时间说话不像以前那样多了？也许你说得越少，就越意味深长——合适的，或是不合适的——人们承载了自己的语言。

房子里所有的灯都亮了，这当儿我们刚刚穿好衣服。那些冲进来的人似乎是被一股强力推进来的。我们不由自主地聚集到一起。那一小队人进来时，我发现自己站在最前排。其他人，连我左右两边的人，都退后一步站着。这支小队的头儿拉过一把椅子，绕着它转了一圈，叉开两腿坐下去。其他队员在他身后站成一排。包括这个头儿在内，他们一共是八个人。因为我们这边有四十五个人，倒也很难说这些闯入者是否能活着出去。不过，在动手之前等着他们先动手似乎更好。好像这就是规则。

坐在椅子上的那家伙挨个地打量我们。

这儿非常安静。我似乎被人盯上了，好像有人在我耳边低语，抑或，好像我在读一本隐形的宣传手册。例如，在类似这儿的"夜间避难所"过夜是一种犯罪行为，如同其他种种犯罪行为。每个人都期待着能够出去，赶在傍晚时分回到自己家中。没有人使用避免失踪的权宜之计去糊弄别人：没错，越来越多的人把睡衣、内衣和牙刷带在身边。像这样的避难所在所有的街区里突然大量出现。但是它们很快会被人发现，并遭到袭击。在避难所里被发现的人们不会被迫失踪，因为他们不是在街上被逮住的。不过还是有办法能对付他们。坐在椅子上的那家伙还在看着我们。我听到身后有人压低声音嘟囔说，"看在上帝的分上，系好鞋带吧，先生。他在找茬哩。"坐在椅子上的那家伙站起来，走向角落那儿，我的目光捕捉到对我耳语的那个人。其实是一个孩子。"系好鞋带。"他执意劝道。这样一来势必引来注意力。那人已经朝我这边瞟过来。"你留意过这房子里我们一共有多少人？"我问那年轻人，声音能够让他听见，却不至于让他紧张，"忘了这房子，你知道这房间里我们有多少人？"

　　不用说，他知道。

103

"有一个词我们必须给它祛魅，也许这是最重要的，就是'人'这个词。我们使用这个词就好像它是一个护身符，表达了我们至高无上的情感。可是，我们在这个带有启蒙意义的名词启迪下，却并未由于压抑及毁灭人类的个体存在——无论作为他们的朋友还是敌人——怀有负疚感。只要它对我们有用，我们就把'人'这个词用作我们最有效的利器，用作进攻的投枪，用以承载想象的意义，承载设计和虚构的意义，承载我们渴望得到的意义。

"让我们不再把'人'这个词置于金字塔顶端，让我们不再生活在相信人比动物、星球、江河或是山脉都重要的幻觉之中，不再以为所有一切造物都是服务于人。然后，我们也许才能理解'人'这个词的真正意义——才能给予它应有的尊重，当它与动物、星球、江河、山脉还有石头搁在一起时，才能显出其重要性。"

多么不可思议！这些居然是我写下的文字。我守护着这些词语。可是在黑夜围困我们之后，我尽自己最大努力让每个人相信这些话是愚蠢的。

没人比我更懂得睡眠的重要性。自青少年时期以后，我就没有能睡够，没有睡过一个好觉，除了很短暂的一两个时段，我都是按照别人的要求去生活，而不是过自己的日子。当我工作时，人生就成为一场持久的不合眼、不打盹、睁着眼睛做梦的战争。当我工作时，我不能容忍噪音，可我不得不奔向图书馆和博物馆，以逃避难以抵御的睡眠和沉重的疲惫感产生的困乏。夜里我从来不能沉睡。我想睡觉，却又害怕睡去。即便如此，对于人们要借助音调、词语、想象、意念和咒语才能帮助入睡这一点，我已不再感到害怕。噢，不，我不再有一丝不安。

104

　　如果我们全体一齐动手，应该可以打垮这队人。无论我对身后的男孩说什么，他无疑都能听见，但我可以肯定，这些家伙和他们的头儿——不管怎样说，他在看着我——无疑也能听见。我的举动在无意间给我招来了麻烦，那个头儿盯着我的眼睛哼了一声，问："你要说什么？"我断定用低沉有力的声音说话会更有分量，便毫不迟疑地回答，好像急于让人分享自己的想法，"我只是在想，这房间里我们有多少人。这就是我的问题。我得说，这个问题很重要，因为它关系到你们是能够活着走出去，还是继续留在这里。"在数了一二三之后，我最后说了一句："在你们开枪打死我们之前，我们赤手空拳就能掐死你们。"

　　这时，我醒了。天已大亮。我看着自己的脚。我狂笑不已。接下来的情况我们该怎么想象？我们想要构筑的是什么的梦，什么样的故事？无论我们做什么，我们周围那些真实事件远远胜过我们虚构的梦境和故事。因为我们不再挂念那些被杀害和失踪的人，或是那些被打得血肉模糊的人，而是对杀戮、劫持和伤害别人的人有了亲近感，甚至与现实生活中我们所知的杀人越货相比，我们的想象能力都相形见绌。我们不再为坚持什么而大伤脑筋，也不再担心自己被杀害、被失踪或是被疏散。即使梦到了那种事情，我们也很快就会醒来。

　　我再一次读了自己的小寓言。我自己很喜欢。只是有几处地方需要作一点修订。从现在开始的一小时内，我要把全文重读一遍，在寄送报社之前看看原稿是否还有需要订正之处。署名将是一位著名作家，我会将其名字标识在作品上边。编辑会照式付印，尽管他们也许会惊讶这家伙怎么风格完全变了。以那位作家的名义发表这样的东西，不消说公众对此议论纷纷和困惑不已的反应，将会引来一大串问题。也许那家报纸在刊出之前会作部分删节。这也是有可能的。在它出版的当天晚上，我还有一个小小的任务需要完成。

105

　　塞温奇并非实有其人。他是我编造出来的。某种程度上，他的言语和行为取自我以前的一位恋人留下的记忆；至于其余部分，就是医院里叽叽咕咕老想跟我搭话的那人引发的灵感，我在医院里住了几个月。当我跟他说我不再给他看我的笔记本时，他并未坚持要看。塞温奇就在那时候死了——也许我得说，就在那一刻死了。塞维姆也不是一个真实人物。也许根本没人会把他的助手称作塞维姆。这不大可能。一个被杀的女人？……我说不上来。我无法明确断言没有这样一个女人。因为许多人都被杀了，或者是被迫自杀，或者是惨遭伤害，这种事情时有发生。情况大致就是这样。我应该更确切地说，很大程度上就是这回事。

　　有些事情让我惊愕不已。人们津津乐道地谈论杀戮、拷打和掠夺之如何可怕。他们是否从未遇到过被人迫害，或企图迫害他们的情况？他们难道没有要为自己报仇雪恨的对象？他们是否从未遇到过这样的人——别人伸手以援他不接受，你提供帮助，他们却轻蔑地拒绝？他们难道从未有过这样的冲动，要用尽一切必要手段让别人接受自己的观点？他们难道不想要将加盖印记的命令像邮票似的贴在自己心上，贴在世人的脑门上？难道他们没有意识到，唯一的成功之途就是杀戮（如果有此必要），即或杀人不成（不管由于何种原因），那就虐待和骚扰？那就付诸瞒与骗？他们怎么就不明白？

事情要搞到哪一步？直到剩下你自己，别无他人存活。直到你在任何一面镜子里都只能看见你自己。直到别人的眼睛成为你的镜子。更确切地说，直到所有的镜子反射的都是你，即使你不是站在镜前。直到人们的眼睛只能映出你所引起的恐惧，即使你并不在他们心里。这世上的一切，归根结底难道不是通过那些叙述者（那些可能同化别人的人，那种幽居的思想家，那种独立的情报机构）而被观察，被想象或思索？难道所有的一切不是都归结于此吗？

即使我们游刃有余地欺骗别人，即使这骗局是我们工作的核心要务，难道我们就不该忍住自欺的念头？

106

最后剩下这样一桩小小的任务：把报纸扔到会议桌上，然后根本不必请求，也不必质询总统委员会，"我们允许这样做吗？"

然后，车轮便自行滚动起来。

在我看来，我们的计划最关键在于最后一点，我应该照我自己的意思去说。前期工作已在过去三周内精心部署。这种事情的原则是：那些命乖运舛的家伙肯定没料到自己会遭遇飞来横祸，或者换一个说法，那些遭遇不幸的人——无论是他们自己或最亲近的朋友——无论在什么情况下肯定都无法预测这种事情。比如那位大名鼎鼎的作家，几乎不可能让人相信他没有写过以他名义发表的那篇文章，而且更要命的是，他将知道，即使读者接受了他的否认，我们也不会接受。他没有任何出路！他甚至都不能相信自己的朋友，因为他不能确定他们之中是否有人利用他的信任对他造成伤害。在我的许多业绩中，这一桩最让我感到自豪。没有人还能再相信任何人。当这位作家还大惑不解地摩挲着太阳穴时，我的手下将按照委员会的决议，在会议结束后一两个小时内，为他安排好一场意外事故；我的手下将不得不持枪杀死那些跟随他的人。这时候我们的作家还不知道自己几乎身临绝境，当他回到家中，闩上房门，准备在焦虑中度过这个夜晚时，在暗巷中捣烂了四具尸体脸部的那些家伙将被派来开枪行刺，比如，杀死在某段时间后走过十字路口的第七个人。他们将尸体拽入巷子深处，也许还会往尸体手里塞入一把枪，然后就消失在夜色之中。来向我汇报的官员将是唯一见过我的人，而他将在两三天后就离开这儿去一个遥远的地区。不管怎么说，这辈子他将不会再见到我。用这种手段花不了多少钱，就能办妥所有的事情。前提条件是，那死去的第三个人，或是第七个，或是第十，都不在预定的死亡名单上。

107

我父亲变得很烦人。有些日子里，我大部分时间是在自己蛰伏的地方阅读。他就知道我在躲避什么事情，因为我通常读书并不遮遮掩掩。他想瞧瞧那本书。我找了种种借口，试图转移他的注意力，可我实在是不擅长撒谎。我父亲攮着门把手就推门进来。我的胳膊肘撞到门口那面大穿衣镜上。顿时，三道大大的裂纹从撞破的地方辐射开去，一直裂到镜框边。父亲不在乎是否伤着了我的胳膊肘，他看也不看就扬长而去。我的胳膊肘倒还没事。事实上，他没朝那本书看过一眼。那本书一直留在我蛰居的小屋里。两年来我一直没有拿到每周的零用钱。过了很长时间，我才换了新的镜子。那时我十五岁。新的镜子让我没法交上新朋友：因为镜子里映出的那个人怎么看也是扭曲的（有两年时间，镜子里显示的是三个我）。

事情就这样结束了。我坐在窗前，端详树上的叶子。没有两片是一模一样的。每一片都是不同的。人类的眼睛、手、嘴巴和躯体也各有不同。毫无疑问，有些人总要被淘汰。问题是，那都是哪些人呢？或者说都是哪些镜子里的人？

我曾写下这样的文字，我打算要废掉 N。但 N 自己就崩溃了。他的疾病使他不再具有任何价值；相反，它只能害了他。

天平已经失衡。必须矫正过来。

　　看上去，他一直在打听谁是这一切背后的主谋。我发誓，我决定要在他面前现身。如果我是他，我反倒不会干掉自己"创造"的人物，不管是实有其人还是纯属虚构，我倒认为更有理由干掉那个"作者"。作为作者，能够用什么方式抹去他笔下的人物呢？就是说，如果他并未像现在这样精神错乱的话。

　　有些事情也许是这样……

108

　　巴黎。地铁。那气味，实在难以描述，一旦吸入就难以忘记。你后来怀念起那股味儿。几秒钟之内，地铁列车从黑暗中驶来，有人将我推下站台。我凝视着黑洞洞的地铁隧道口。我一定不要环顾自己四周。我千万别去看推我的那个人。

　　列车到站了。我上了车。没有人推我。我坚持己见。那没有用。

109

　　我被推进门里，走进一片漆黑之中。也许等着眼睛慢慢适
应黑暗只是徒劳，因为这里的黑暗完全不透一丝一毫的光亮。
不知道为什么，我还是慢慢朝前走去，几乎是脚跟顶着脚尖，
一脚挨着一脚，身不由己地走向某处，或者就像是有人轻轻地
推着我往前走。我继续这样走着，感觉过了好长一段时间。这
时，突然一个激灵，我以为自己眼睛瞎了。但几秒钟后，我觉
出眼前一阵眩惑，好像远远地，在前边什么地方，或是在上
边，射来非常强烈的光。他把我推进来的时候，他说："现在，
你得到你想要的了。"从远处，我看见前方一张熟悉的脸庞在
向我靠近。我认不出这熟悉的脸是谁。我苦于无法辨认，无法
把他和任何事物联系起来，认不出这张脸。然而，这张脸靠得
更近了，有那么一瞬间，我觉得很像是"他"的脸；随之我又改
变了想法。这张脸几乎就要贴上来了，这时看着倒更像是那个
叫作塞维姆的女人，尽管是扮成了男性。这时，我认出了这张
脸。我知道这应该是塞温奇的脸，我意识到所有这些炫目的光
线都是戏弄我的花招。塞温奇看着我，露出嘲讽的微笑。我突
然产生了一阵冲动，想要掐死他。我就像疯子似的扑向他的喉
咙。一阵剧痛传来，好像我身体的每一个部分都被斫伤了，伴

着一阵可怕的巨响，我猛地扑倒在地。靠近纷纭四射的光线，他、塞温奇、塞维姆和那个耳聋的金发男孩都朝我大笑，好像他们都长着同一张脸，脸上带着血，也许是从镜子里看着我，或者是在地上，或者在我的意识中。一阵丝丝拉拉的疼痛传遍我全身，我闻到了那种相当陈腐而混浊的气息。光线慢慢暗淡下来，最后，只剩下我自己，从每一个碎片中反射出来。我无法在镜中辨认出自己。那是数以千计的碎片。那成百上千的碎片根本就不再是我了。

B……K……

1975 年 4 月—1976 年 9 月

110

写下所有这些，能够避免让人发疯吗？

原书名：Gece（Night）

作者：Bilge Karasu

© Metis Yayınları, 1991

本书中文简体字版版权、浙江文艺出版社独家所有。

版权合同登记号：图字：11-2014-8 号

图书在版编目（CIP）数据

夜／［土］卡拉苏（Karasu，B.）著；文敏译. —杭州：浙江文艺出版社，2016.1

ISBN 978-7-5339-4322-6

Ⅰ.①夜… Ⅱ.①卡… ②文… Ⅲ.①长篇小说—土耳其—现代 Ⅳ.①I 374.45

中国版本图书馆 CIP 数据核字（2015）第 258111 号

夜

作　　者：［土］比尔盖·卡拉苏

译　　者：文　敏

特约编辑：郭贤路

责任编辑：童炜炜

浙江文艺出版社　出版发行

地址：杭州市体育场路 347 号

经销：浙江省新华书店集团有限公司

印刷：上海中华商务联合印刷有限公司

版次：2016 年 1 月第 1 版　2016 年 1 月第 1 次印刷

开本：787 毫米×1092 毫米　1/32

字数：139 千字

印张：7

插页：5

书号：ISBN 978-7-5339-4322-6

定价：29.80 元（精）